Nous

en

2050

ISBN-13 : 978-2-37825-012-6

Daniel-Philippe de Sudres

première édition

Serie / Collection : « Futurables »

Daniel-Philippe de Sudres

Nous
en
2050

quand, depuis le vide quantique,
nous saurons créer…

de la matière

un voyage « magique » dans la physique
des quanta, des cordes et des plasmas

Volume / Tome 3… du livre : Nous (en 2200, en 2030)

Serie / Collection :
Futurables

Sommaire

(exemple de quelques chapitres, sachant qu'une table détaillée – présentant tous les chapitres – est à la fin du livre)

Autres livres du même auteur

Nous en 2200 ** *(titre original :* **Les enfants de demain** *)*
- ou l'étrange et très secret projet « Hp1 » (Homo pertinens 1)
SF+Anticipation /   * (éditions) Atria, Lille-Douai, 2012 /
          ** réédition aux Éditions K-MDS – Presses de l'Avenir, Paris, 2020

Nous en 2030
- lorsque naîtra le postcapitalisme transhumaniste
SF+Prospective / Éditions K-MDS – Presses de l'Avenir, Paris, 2016, réed. 2019
— et son :

Pacte synarchiste *- contre la précarité et pour la durabilité*
- texte (collectif) de non-fiction accompagnant le roman Nous en 2030 *et exposant le programme du Parti synarchiste réal-durabiliste (PSRD) présenté dans ce roman comme lien entre l'humain et l'intelligence artificielle à l'avenir*
Sciences po/Prospective / Éditions K-MDS – Presses de l'Avenir, Paris, 2017, 2019

Neuroconnectique: bases neurales et phénoménales
- pour une neuroscience des connexions neuronales génératrices de conscience attentive développant notre neuroplasticité
Étude / Éditions Universitaires Européennes, Saarbrücken, 2012

Neuroconnectique: postulats
- pour une neuroscience des connexions neuronales génératrices de conscience attentive développant notre neuroplasticité
Étude / Éditions Universitaires Européennes, Saarbrücken, 2011

Quatre fois mort
- Le terrible secret du jeune Wilfried de Boisfeu
Roman noir+Anticipation / Éditions de la Mutualité Française & Éditions Pascal, Paris, 2010 ;
/ rééd. aux Éditions K-MDS – Presses de l'Avenir, Paris, 2018

La neuroconnectique
- neuroscience de l'éveil -de la conscience et de l'intelligence- libérateur de nos conditionnements biologiques, psychologiques et sociaux
Étude / (éditions) Charles Antoni, Paris, 2007 ;
/ rééd. largement augmentée aux Éd. K-MDS – Presses de l'Avenir, Paris, 2017

Vivre jeune longtemps
Essai / A.Venir (éditions), Paris, 2006

« État »-Internet
- Voyage dans les racines du terrorisme de demain et du postcapitalisme d'après-demain
Anticipation / (éditions) Paralela 45, Bucuresti-Pitesti, 2006

Le sens des mystères
- Une explication de phénomènes « miraculeux » étudiés sous l'angle d'observation des neurosciences et de l'ethnométhodologie
Essai / (éditions) Apolline, Paris, 2000

Le « rêve » d'Audrey
- Voyage dans la tête d'une enfant surdouée
Speculative-Fiction / (éditions) Naturellement, Lyon-Givors, 1999 ;
/rééd. aux Éditions K-MDS – Presses de l'Avenir, Paris, 2017

Que feriez-vous s'il vous restait une heure à vivre ?
Essai / (éditions) Instant Présent, Paris, 1997

Problématique

Et si un autre univers – plus complexe que le nôtre – croisait _déjà_ le nôtre, en lui communiquant de très étranges « singularités »… ?

Enfin un roman de science… fiction qui ose nous préparer à ce que va être la technorévolution matière/énergie de la seconde moitié du vingt-et-unième siècle, issue des principes les plus surprenants de l'astrophysique des supercordes, de la physique des plasmas et, bien sûr, de la relativité générale ;   roman qui se propose d'expliquer certains miracles (l'Arche d'Alliance, Fatima, Padre Pio…), lesquels, sous l'angle d'observation de la science multidisciplinaire prochaine, n'en sont peut-être pas…

Au-delà – et au cœur – des trois religions dites « du Livre », la Science est-elle à l'aube de découvrir une source cachée de notre réalité, dont la connaissance va nous permettre de donner un sens prodigieux à l'Histoire future de l'humanité ?

A l'approche des années 2050, les héros de la saga _Nous_ parviennent, depuis des modifications neurobiochimiques et une technologie inédite, à tirer, de l'énergie du vide quantique : de la matière…

Objectif didactique
et pédagogique
en préface

Ce roman de science-fiction « dure », traduisons : de fiction scientifique réaliste et anticipative,

*- dont l'originalité pédagogique est de **présenter** à ses lecteurs et lectrices, **des réflexions nouvelles naissant à la croisée des sciences** (principalement physiques et biologiques, mais aussi philosophiques et globalement « humaines ») qui contribuent, **en termes de didactique**, au développement **du domaine de la multidisciplinarité**,*

*- a pour objectif d'**inviter quelques présidents de grandes écoles et d'universités, ainsi que quelques directeurs de l'enseignement et de la recherche d'icelles, à créer**, au sein de leurs établissements, une **chaire d'intelligence prospective** initiant leurs élèves à non plus s'installer plus ou moins bien dans leur « présent », avec de plus en plus nombreuses inadaptations face au monde qui se construit, mais à « penser le futur », à « réfléchir à l'impensable », à « raisonner sur ce qui défie le bon sens », bref : à augmenter leur cerveaux de plusieurs points de quotient intellectuel (et émotionnel) pour sortir de la non-civilisation actuelle et entrer dans une société qui explore, qui découvre, qui ose.*

*Il est, à ce jour, le **premier roman de science-fiction réalisant** une parfaite vulgarisation, c'est-à-dire **une claire démocratisation**, de la très complexe physique des cordes, comprise depuis **la « théorie M[1] »**.*

***La science-fiction**,*

---

[1] *(Astrophysique)* « Lors de la conférence sur la théorie des cordes à l'Université de South California, en 1995, Edward Witten, de l'Institute for Advanced Study, émit la suggestion surprenante que les cinq théories des supercordes étaient tout simplement des cas-limites d'une seule et même théorie dans un espace-temps à onze dimensions. » (https://fr.wikipedia.org/wiki/Théorie_M#La_seconde_révolution_des_ supercordes)

*- d'un point d'observation épistémologique, **participe de la défense de la démocratie puisqu'elle aide chaque individu à réfléchir** : non pas uniquement à réfléchir sur ce qui est « convenu », pour ne pas noter « sur ce qui est conventionnel », mais à réfléchir par soi-même à ce qui pourrait-être autrement, inhabituellement, différemment de ce à quoi nous sommes habitués, afin de nous libérer du connu pour explorer l'inconnu ;*

*- et, d'un point d'observation neurobiologique et psychosociologique, **elle contribue à l'augmentation du quotient intellectuel (et émotionnel)** de ses lecteurs et spectateurs, **ainsi qu'à l'augmentation du niveau général de compréhension** de la nouveauté, de l'étrangeté et de la variabilité du vivant.*

Effectivement, comme nous en parlait Dan-Phil, chez la plupart des individus, les circuits de la dopamine, connectant le préfrontal et le striatum, se déconnectent en vieillissant : en règle générale, dès l'âge de cinquante ans, et, chez certains individus, largement avant ; quoique heureusement, à l'inverse, chez des êtres d'exception, cela advient très tard...

Ces réseaux de neurones, qui ne communiquent plus entre eux, produisent l'effet délétère suivant : l'individu parle de « démotivation », la vie l'intéresse de moins en moins, il survit dans son "train train" routinier, parce qu'il y a vieillissement accéléré de ce que généraient ces connexions, et donc de la volonté et de l'intention, de la motivation, du raisonnement rapide, voire de la réflexion à rebonds durables.

***La science-fiction**,*

*- enfin reconnue en France, depuis les années 2010, tel un **genre littéraire majeur**, grâce aux efforts et au courage de l'écrivain Michel Houellebecq,*

*- **cultive notre production de dopamine en nous assurant de rester motivationnellement** (et, par incidences neuronales : **intellectuellement et même corporellement) jeunes**, entendons : vivants, créatifs, évolutifs, curieux et émerveillés de tout...*

Serge Lescaroux,
éditeur en chef

*

*   *

Dédicace

L'auteur dédie ce livre :

- à Loup Francart, pour son amitié indéfectible ;

- à Jacques Biot, pour leurs riches discussions ;
- à Frank Pacard et Benoît Deveaud pour leur sympathie ;

- à Armelle Rancillac, pour son amitié et ses conseils ;

- ainsi qu'à Fannie Pennel, pour sa fidèle appréciation de ses activités, notamment philosophiques ;
- à Raphaël de Rasilly, pour leurs échanges pédagogiques ;

- à ses amis fidèles Gaëlle Lehoucq et Marc Stéfanon qui ont su apprécier en lui l'épistémologue osant se questionner sur tout et… surtout sur ce qui est « original » ;

- à quelques amis siens, membres de la *Mens sana in corpore sano* Association ;

- à quelques jeunes (bidécagénarires) et moins jeunes (tri et quadradécagénaires) amis siens passionnés d'anticipation, de sciences et de science-fiction, notamment depuis le *science-fiction student club* SciFiX (Polytechnique) : Hadrien, Yann, André, Laurence, Alice, Laura, Rémi…
- et à Enora, ainsi qu'à Tutshi, Raphaël, Imane-Marie, Thomas, Chloé et Gaby, ou encore Balthus et bien d'autres de ses amis, qui seront bidécagénaires dans la génération des années 2020…

L'auteur

Daniel-Philippe de Sudres est un chercheur en neurosciences cognitives expérimentales explorant les bases neurales et phénoménales de la conscience réflexive attentive, auquel on doit d'avoir mis en évidence des stades de neurofonctionnement cérébral plus éveillés que notre état de veille ordinaire.

Il est aussi un neurophilosophe, penseur de la logique des systèmes complexes naturels, didacticien, prospectiviste, écrivain, conférencier, ainsi que membre du groupe polytechnicien X-Recherche, membre de plusieurs sociétés savantes[2], expert au sein d'une agence de santé publique, et poète.

Exergue

« On comprendra mieux l'une de nos servitudes majeures :   le divorce accablant de la mythologie et de la connaissance. La science va vite et droit en son chemin, mais les représentations collectives ne suivent pas (…). »

Roland Barthes, *Mythologies* (pp.72-73, 1957)

« Les grands auteurs ont une vertu :   ils renseignent l'être humain sur lui-même. »

Fabrice Luchini (chez Thierry Ardisson, 1999)

---

[2] Société française d'exobiologie (SFE), Société francophone de chronobiologie (SFC), etc.

1

Pré-introduction à l'amour vrai[3]

« *Le seul véritable voyage n'est pas d'aller vers d'autres paysages, mais de regarder les paysages qui s'offrent à nous avec d'autres yeux.* »

Marcel Proust[4]

La petite fille, assise quelques rangs devant moi, tandis que, dans ce train-là, j'étais encore debout, me regarda et me sourit.

Ce n'était pas un de ces sourires pour congédier l'Autre avec la fourbe « politesse » usuelle, ni même un sourire sincère échangé sur l'instant, par sympathie spontanée, puis oublié quelques instants après.

C'était un sourire de reconnaissance.

La fillette, couleur d'ébène, aux yeux verts, me regardait vraiment : elle ne regardait pas un passant, elle me regardait… moi.

Et son regard exprimait une joie, une joie immense,

---

[3] L'auteur nous offre ici un clin d'œil à l'*Amour vrai* (*True Love*), une nouvelle d'Isaac Asimov, Éditions J'ai lu, Paris, 1989, 2002 puis 2008.

[4] Daniel-Philippe de Sudres, pour insister sur le fait que le règne de la quantité (de pléthore de voyages) peut être remplacé par le règne de la qualité (de comment nous comprenons, de l'intérieur, les nuances d'un voyage), nous cite Marcel Proust qui résuma ainsi, devant un parterre de journalistes, *La Prisonnière*, tome V de son œuvre *A la recherche du temps perdu*, parue aux éditions Gallimard, à Paris, en 1923. L'extrait de son livre sur lequel portait ce qu'il « résuma » ainsi, est le suivant : « Le seul véritable voyage, le seul bain de Jouvence, ce ne serait pas d'aller vers de nouveaux paysages, mais d'avoir d'autres yeux, de voir l'univers avec les yeux d'un autre, de cent autres, de voir les cent univers que chacun d'eux voit, que chacun d'eux est (…). » (Extrait de *La prisonnière*, Tome 2 de l'édition originale, page 69).

comme il en eût été si elle eut reconnu un vieil ami, et que ces retrouvailles lui eussent offert la paix, une immense paix au fond de soi, l'apaisement complet de l'être, la sérénité.

Et, pour ma part, découvrant, dans ces instants, cette magnificence d'une vraie rencontre d'humain à humain, je lui souris, moi aussi, avec tout l'amour fraternel qui est en moi, pour donner à cette enfant toute la bonté qui m'habite, qu'elle avait d'emblée su reconnaître.

Le train roulait… Grand train…

C'était un train comme tous ces trains que nous prenons – ou qui nous prennent – d'un lieu à un autre sur notre planète Terre. C'était aussi le train des événements, celui de ma vie et de la Vie majuscule : notre vie à tous.

Une place se libéra, sur laquelle promptement je m'assis, au-dedans d'une série de six sièges composés, à côté de moi, d'un espace vide, puis en face de moi : d'un jeune homme, et, deux sièges plus loin sur ma droite, d'une fillette de onze ou douze ans.

A l'approche de la station suivante, la préadolescente se leva et s'orienta vers la sortie : je relevai distinctement mon sac de voyage empli de cadeaux pour les amis qui m'invitaient à déjeuner ce jour-là, et la fillette passa fièrement, la tête hissée en un port haut comme si l'on eût formé, pour elle, une haie d'honneur.

Bien évidemment, elle eut pu passer sans que je relevasse mon sac ; mais, en agissant ainsi, en le relevant très ostentatoirement pour elle, je montrais à quelqu'un ou, plutôt, à quelqu'une en elle – entendons : à ces neurones formant nos routes de campagnes lorsque nos autoroutes sont hors-service (ou, pour l'exprimer autrement : je montrais à ce qui ressent, pense, décide et agit par-dedans nous, car par-delà notre « conscient », comprenez : je montrais à son inconscient… cognitif et affectif) – qu'elle était digne d'être respectée par un être plus grand, plus fort, plus âgé et plus masculin qu'elle, fixant en son jeune cerveau, pour toute sa vie, qu'à partir de cet instant, elle allait devenir une gagnante, quelle que fut sa vie d'avant, que le monde se déplacerait devant elle comme dans une féérie, pour l'épauler, pour l'aider à avancer, pour lui assurer de réussir tout ce qu'elle entreprendrait.

A la station suivante, j'observai, avec étonnement, qu'un garçon de quatorze ou quinze ans vint prendre exactement la place de la fillette (alors qu'une autre place, disposant d'un même écart quant aux voisins, demeurait vacante juste en face ce cette place-là) :   sont-ce les phéromones qui agissent à ces âges, ou est-ce une énergie spécifique aux enfants ?

Peu après, l'adolescent puis le jeune homme s'en allèrent, et un couple de gens silencieux s'installa « côté fenêtre », ceux-ci se plaçant face à face l'un de l'autre, en vis-à-vis.

Lorsque, deux stations plus loin, une jeune femme vint s'asseoir devant moi. Elle avait le visage brûlant, presqu'en feu, et, paradoxalement, très pâle.

2

Un petit… « miracle »

« Aimer, ce n'est pas se regarder l'un l'autre, c'est regarder ensemble dans la même direction. »

Antoine de Saint-Exupéry[5]

La jeune femme était interminablement secouée par les spasmes d'une épuisante bronchite, lui arrachant des quintes de toux.

Son visage émacié, livide, me laissa entr'apercevoir qu'elle avait dû être belle, très belle même.

Le couple, à côté de nous, s'était tu, les visages de ces gens s'éloignant vers la fenêtre, comme pour éviter toute contamination.

Depuis quelques années, le prix des médicaments avait doublé puis triplé, les bactéries ayant su vaincre les molécules les plus dissuasives de nos antibiotiques, et les nouveaux traitements, dynamiseurs de notre système immunitaire, étant fort coûteux et à prendre depuis très jeunes et régulièrement pour leur assurer une pleine efficacité que beaucoup de gens, pauvres ou paupérisés par la précarité croissante, avaient négligés…

Beaucoup de ses semblables restaient aux extrémités de trains, loin des sièges et des regards angoissés et exclueurs des gens bien portants s'y asseyant.

---

[5] Antoine de Saint-Exupéry, *Terre des Hommes*, Gallimard, Paris, 1939.

Parfois, l'un d'eux, l'une d'elles, par épuisement, tant physiologique que psychologique, se laissait choir sur le sol de la voiture ferroviaire et y demeurait assis, assise, tel un chien, telle une chienne.

Elle, elle était venue s'asseoir sur un siège et avait choisi, parmi les nombreuses places alors encore libres, que ce fut face à moi.

Pourquoi ?

Je lus dans ses traits, que je dévisageais, ce que je voyais dans beaucoup d'autres : une existence accablante, des changements d'existence stressants, des horaires de travail abrutissants, une instabilité professionnelle permanente condamnant l'être à n'avoir plus de vie privée, plus de vie amoureuse, un presque semblant de vie amicale, et de l'épuisement jusqu'à l'envie de disparaître pour n'être plus…

Sa bronchite – dissimulant une terrible grippe et secouant ce pauvre être à chaque quinte de toux – n'était que l'aboutissement de tout cela, l'ultime ressource pour en finir avec une existence absurde : la mort à petit feu…

Elle avait épuisé tout le stock de ses mouchoirs en ''papier'' et convint avec elle-même qu'elle pouvait se suffire d'*avoir l'air* propre en prenant l'un d'eux, bien troué, pour y déverser son mucus nasal… quasiment entre ses doigts.

Ayant observé cette résolution dans son regard, je sortis de ma poche un paquet de semblables mouchoirs que je lui tendis en lui disant :

— *Gardez-les, vous en avez plusss besoin que moi !*

Trop vite reprise, malgré elle, par l'une de ses quintes de toux qui ressemblaient à un grand râle, à un pleur qui n'en finissait pas de crier son désespoir, elle me répondit avec ce sourire maladroit des gens qui ne savent plus sourire et qui, pourtant, rayonnent de joie quand vous leur témoignez de l'affection, lorsqu'ils découvrent que quelqu'un les a vus et a pour eux un brin de tendresse, retrouvant alors un zest d'estime de soi les assurant qu'ils ne sont pas complètement effacés de l'humanité.

Son front, haut et visiblement brûlant, surmontait un regard profond ; les traits mêmes de sa bouche autant que l'ourlet de ses lèvres lui conférant une expression intelligente que sa vie aberrante avait essayé de détruire.

De ce front transpirait une fièvre des plus délétères qui, par-delà la maladie l'assaillant, au sens physiologique du terme, manifestait une autre maladie, celle-là se comprenant au sens psychosociologique, psychologique et sociétal qui anéantissait déjà plusieurs générations, jusqu'à celle d'une jeunesse brisée parce que privée d'emploi durable, plongée dans l'insécurité et abandonnée, ce pendant qu'emplie de l'espoir de la Vie qui veut vivre, être utile, être reconnue et servir une vraie cause, en espérant trouver sa part de bonheur, d'amitié et d'amour.

Elle s'était assise face à moi, ses pas l'ayant conduite dans ce train-là, dans cette voiture-là, devant cet être-là : devant moi, parce que ce qui était archivivant, dans cette morte en sursis, était l'intuition de sa survie, son instinct de conservation étant démultiplié.

Et elle avait eu raison d'aller jusqu'à moi : mon cœur avait envie de pleurer et presque de saigner tant il m'était triste de voir cet être en déclin, pris dans ses spasmes, dans cette toux presque incessante, et plus encore dans cet épuisement généralisé allant au-delà du corps, atteignant autant le corps social dans sa totalité que *l'être en soi* dans chaque individu, dans cet individu là en particulier, depuis son fondement le plus essentiel, le plus intime.

Alors, j'accrus la conscience de moi-même, auto-observant mon corps rectiligne, ma nuque droite, mes jambes sagement alignées l'une à côté de l'autre et mes bras relaxés jusqu'à mes mains posées à plat sur mes genoux.

Après avoir coupé mon moulin à paroles « mental », je focalisais mon attention sur le rythme de mon cœur, sur celui de ma respiration pulmonaire, sur celui de l'émotion persistante qui marquait ce qui m'avait ainsi bouleversé, puis je prenais conscience de mon – excellent – état de santé allant de pair avec cette assurance émanant de moi, émanant de mon port droit, altier, et émanant, au-dedans de mon organisme biologique en son entier, de ces organes internes, miens, se portant très bien.

Puis ensuite, conservant cette perceptible sensation de moi et la neuroconnectant à la sensation-émotion que j'avais de cette sœur humaine, tellement affaiblie par sa maladie et son désarroi, je me concentrais pour activer en moi quelques groupes de neurones sortants – conceptuels cogitateurs, motivationnels, puis corporels moteurs – pour lui transmettre mon bon état de neurofonctionnement général, tout en espérant que, tout d'abord, ses neurones miroirs[6] sensoriels fonctionnassent correctement, de telle sorte que, progressivement, ils pussent activer neuropro-grammativement ses neurones miroirs émotionnels, pour provoquer la contagion émotionnelle qui, elle-même, en soi,

----

[6] *(Neurobiologie)* « Les neurones miroirs sont une catégorie de neurones du cerveau qui présentent une activité aussi bien lorsqu'un individu (humain ou autre animal) exécute une action que lorsqu'il observe un autre individu exécuter la même action, ou même lorsqu'il *imagine* une telle action, d'où le terme *miroir*. » Source :   http://fr.wikipedia.org/wiki/Neurone_miroir

démarrerait le processus enzymatique de cette biochimie cérébrale que j'enclenchais.

Au début, elle ne remarqua rien, sa respiration irrégulière continuait d'accompagner sa façon de respirer et de « respirer sa vie » : chaotiquement, catastrophiquement.

Au bout de quelques minutes qui, subjectivement, parurent très longues à quelqu'un en moi, au fil desquelles je m'efforçais de produire et maintenir cette très affectueuse « expérience » de neuroconnectique[7] tant fonctionnelle que relationnelle, je pus observer que son diaphragme se relâcha : sa respiration devenait moins saccadée, plus intense, respiration qui, après une nouvelle quinte de toux, se replaça rapidement dans ce calme que je lui offrais en exemple conscient ; ses neurones miroirs ayant compris, avant elle, que je voulais la sauver et que je le pouvais.

Au gré de ces minutes qui passaient, et de l'intensité que je plaçais en le fait de me rappeler de moi et de me rappeler d'elle, tout en connectant nos deux biochimies[8]

----

[7] *(Neurobiologie)* : Neuroscience ainsi que science de l'ingénieur qui opère depuis un laboratoire portatif : soi (= la « machine » biologique et psychologique dans laquelle nous nous réveillons chaque matin, avec son corps, ses pensées, ses émotions...), la neuroconnectique et une sous-discipline de la neurobiologie, *via* la neurobiologie du développement (comme, par exemple, la génétique est une sous-discipline de la biologie). Les étudiants et chercheurs de cette discipline explorent (par l'étude puis par la recherche) les possibilités nouvelles (en termes de recherche fondamentale puis de recherche expérimentale) qui s'offrent à leurs neurosystèmes : corporel, émotionnel-motivationnel, et intellectuel.

[8] *(Bactériologie)* Nous savons que nos mitochondries (ces usines à produire de l'énergie au sein de chacune de nos cellules) sont des bactéries ayant été, dans des époques lointaines, capturées puis recopiées par les organismes complexes que devenaient nos véhicules humains... Ce que nous savons moins, ce sur quoi a mis l'accent l'émérite bactériologiste Lynn Margulis, notamment (consulter son livre *L'univers bactériel*, Éditions du Seuil, Paris, 2002), est que tout l'appareil mitochondrial, dans ses moindres détails, est ainsi un appareillage bactérien interconnecté.

depuis des coenzymes d'oxydoréduction NAD[9], je pus, avec bonheur, observer que son système immunitaire se réveilla et que, en moins d'une demi-heure que dura cette expérience que je poussais jusqu'au maximum de mon effort, quitte à devoir dormir beaucoup le soir-même pour récupérer de mon épuisement, son écoulement nasal cessa, sa respiration redevint correcte et son front brûlant se dé-s'enfiévra jusqu'à métamorphoser son visage, visiblement[10].

Bientôt, elle parut retrouver sa cohérence et ses yeux virent l'être assis en face d'elle s'efforçant de lui insuffler sa bonne santé, et elle comprit ce travail qu'il effectuait...

La station où elle allait descendre approchait ou, plus exactement, le train approchait de cette station.

Alors la jeune femme précarisée, de ses deux mains tremblantes, me prit une main et m'adressa un profond sourire, pleinement consciente de ce qu'il venait de lui advenir, réalisant que la maladie l'avait apparemment quittée.

---

[9] *(Biologie spéculative, Spéciation)* Daniel-Philippe de Sudres, dans cette logique (celle d'un appareil mitochondrial qui est un appareillage bactérien interconnecté) et en se fondant sur des études très prometteuses concernant les coenzymes d'oxydoréduction NAD (nicotinamide adénine dinucléotide) comprises tel un « neurotransmetteur interne » entre le noyau de la cellule et ses mitochondries, a raison de nous annoncer qu'en nous neuroconnectant consciemment (entendons : tant volontairement qu'intentionnellement) nous produirons, dans les siècles à venir, des formes d'énergie encore inconnues de nous, en ce début de vingt-et-unième siècle, qui ouvriront la voie à une mutation – ou, sinon, à l'accélération spéciative de l'expression de certains gènes, comme il préfère nous le dire – de notre espèce (*Homo sapiens*) vers une autre plus complexe (*Homo pertinens*).

[10] *(Biochimie spéculative)* Daniel-Philippe de Sudres, au cours de ses multiples publications, conférences et communications, a plusieurs fois mis l'accent sur l'importance des liaisons entre protéines de choc thermique et enzymes dans les mécanismes d'auto-reconstruction de l'organisme dans des moments exceptionnels Par exemple : un incendie où un adulte va sauver un enfant et dont cet adulte revient indemne, alors qu'il devrait être grièvement brûlé...

— *Vous en êtes un…*[11] *Merci !*, me murmura-t-elle, lorsqu'elle se fut levée pour s'en aller, tandis que du brouillard inondait soudain ses yeux.

— *Rejoignez-nous, nous avons besoin de vous !*, lui dis-je.

— *Je vous le promets, je vous rejoindrai !*, me lança-t-elle avant qu'elle disparût dans le vaste monde.

---

[11] Un… jedhumain : référence à *Nous en 2030*, éditions K-MDS.

3

La mission « biochimique[12] » des jedhumains

« L'Homme se découvre quand il se mesure à l'obstacle. »

Antoine de Saint-Exupéry[13]

C'étaient les dernières années avant le règne de l'*Énergie*…

Pour mémoire, mes camarades et moi – que les autres Terriens qualifiaient de « Martiens » à l'issue de notre séjour de trois ans sur la planète rouge, dans le cadre de la mission spatiale humainement habitée *« Mars human exploration – New Atlantis[14] »* – avions développé, suite à des expériences de neuroconnectique, l'étonnante faculté de synthétiser, dans nos cerveaux, des molécules dites « d'augmentation… cognitive, motriperceptive et affective ».

Ces molécules, que nous avions reçues, dans notre paquetage de spationautes, pour résister aux fatigues, déprimes et autres faiblesses de mémoire et de concentration lors de notre voyage Terre-Mars puis Mars-Terre, ayant eu l'heur de nous étonner : lorsque nous étions venu à en manquer, nos cerveaux, spontanément, comprenons : épigénétiquement, grâce à nos conditions de vie d'alors, s'étaient mis à les produire, de façon endogène, de telle sorte que

---

[12] Dans une terminologie ancienne, nous aurions lu : « alchimique… ».

[13] Antoine de Saint-Exupéry, *Terre des Hommes*, Gallimard, Paris, 1939.

[14] Lire *Nous en 2030*, ou s'en remémorer le scénario.

nous n'avions plus besoin de les absorber, puisque, dorénavant, notre corps les fabriquait lui-même…[15]

Ici et là, des hommes et des femmes, souffrant d'un lumbago, d'un glaucome, voire d'une simple rage de dents, expliquaient que leurs douleurs avaient brusquement cessées au moment où ils avaient senti le regard d'un homme ou d'une femme restant longuement posé sur eux ou, plus étonnant encore, que leurs douleurs avaient brusquement cessées au moment où un individu, étonnamment présent à lui-même, était entré dans le lieu où ils étaient alors.

D'autres disaient avoir été libérés de leurs souffrances en s'étant accidentellement trouvés en « présence » d'un de ces « mystérieux inconnus » ; quelques témoins précisant avoir ressentis « d'intenses fourmillements » en cette présence, « comme de l'électricité », « une sorte d'électricité douloureuse, mais réparatrice »…

Des enfants, qui souffraient d'une maladie jadis dite « rare », dont la caractéristique est qu'ils disposaient d'une masse musculaire s'amenuisant jusqu'à ce qu'il leur soit impossible de supporter leur propre poids en se tenant debout, se confièrent à leurs proches. Les uns avaient été surpris de pouvoir remuer leurs bras presque facilement, les autres avaient eu l'étonnement de pouvoir à nouveau – tel qu'il en était pour eux avant leur maladie – porter des objets sans fatigue, d'autres, même, avaient eu jusqu'à l'impulsion de se lever en étant presque terrorisés d'y être parvenu…

Tout ceci avait eu lieu depuis le jour où une femme, la célèbre médecin spationaute Ingrid de Longyearbyen, était restée pendant trois heures, en visite d'inspection, dans ce centre hospitalier universitaire…

---

[15] Lire *Nous en 2030*, ou s'en remémorer le scénario.

Bien sûr, pour la majorité des bonnes gens, ce n'était là qu'une suite d'heureuses coïncidences.

Mais la rumeur revint.

Cette fois, d'après les lanceurs d'alertes, il fut question d'une femme du même âge, environ, que « l'homme anti-bronchite ». Elle était en négociation avec des collaborateurs nerveux, angoissés, il fallait trouver des capitaux pour un projet et, soudain, ils le narrèrent tous selon leurs mots : « je me sentis relaxé, comme si tout allait s'arranger », confia l'un à la presse, « je me ressentis calme, paisible, comme je ne l'avais jamais été, sinon parfois, en vacances, lorsque j'étais adolescent », confia un autre à un webjournaliste. D'autres évoquèrent une « paix intérieure soudaine et durable », « un mal de dos qui disparut sur l'instant et ne revint pas » …

La femme était connue. Il s'agissait de Griselda-Elishéva von R., laquelle avait été l'officier scientifique en second de la mission spatiale humainement habitée « *Mars human exploration – New Atlantis*[16]» en 2038.

Webjournalistes et blogueurs écrivirent…

L'un d'eux nota : « Depuis qu'ils sont restés trois ans sur Mars – en ayant alors suscité, généré puis développé, par des expériences de neuroconnectique transformationnelle très poussées, des neurofonctionnalités nouvelles telles que la capacité à, dans leurs cerveaux, bioanalyser, synthétiser puis créer, de façon endogène, des molécules permettant d'être moins fatigués, d'avoir plusss de tonus musculaire, plus de mémoire et, d'abord, de mémorisation et, en amont, plus d'attention, plus de compassion… – les membres d'équipage de « *Mars human exploration – New*

---

[16] Lire *Nous en 2030*, ou s'en remémorer le scénario.

Atlantis » produisant des ''phénomènes'', annonçaient que, par l'enseignement de la connectique neuronale humaine au grand nombre, ces ''miracles'' se démocratiseraient. »

John-Youri B., commandant de bord et premier pilote de la mission, prit alors la parole devant un parterre de journalistes : « Ceci n'a rien de miraculeux, il s'agit simplement de lois de la physique qui sont habituellement non fonctionnelles sur Terre, au-dedans des dimensions déroulées de l'espace qui nous sont coutumières, et que, par hasard et par nécessité, notre séjour sur Mars a, *a priori*[17], ''réveillées'' »

Ces « lois de la physique qui ne sont habituellement pas fonctionnelles » permettaient d'autres « miracles » que John-You et Zelda expliquaient par le désenroulement progressif de « cordes supersymétriques » dans l'espace-temps…

---

[17] « *A priori* », car il se peut aussi qu'un phénomène en cache un autre : peut-être que ces lois « autres » se manifestent maintenant pour des motifs autres, et que leur manifestation coïncide simplement avec le voyage sur Mars, les spationautes les ayant tous perçues, avant les Terriens restés sur Terre, à cause de / et depuis leurs conditions d'existence martiennes.

4

Où il devient possible de tirer une rose du « néant » selon la physique des supercordes conjuguée à une variante de la relativité générale : quand une propriété d'un objet devient elle-même… un objet

> *« On appelle ''vide'', en physique quantique, l'état d'un champ qui ne contient pas de particules. Même dans cet état, le champ possède une densité d'énergie résiduelle non nulle. Elle est associée à la formation continuelle de paires de particules et d'antiparticules qui s'annihilent et disparaissent aussitôt. »*
>
> Hubert Reeves[18]

Nous savons tous que le domaine nucléaire civil exploite la célèbre formule d'Albert Einstein ($mc^2 = E$) pour, à partir de la masse d'un objet, produire de l'énergie[19].

Nous savons que, à l'inverse, nous pouvons convertir de l'énergie en masse ($E = mc^2$) lors de collisions de particules produites dans de grands accélérateurs de mouve-

---

[18] Hubert Reeves, *La première seconde*, « Lexique », Seuil, Paris, 1995.

[19] *(Physique)* La célèbre formule d'Albert Einstein ($\otimes m = \otimes E/c^2$ ou encore $m = E/c^2$ ou sinon $E = mc^2$) nous enseigne que la masse n'est que de l'énergie sous une forme spécifique ! « L'équation la plus célèbre de la physique, $E = mc^2$, traduit l'équivalence entre masse et énergie. Donc en empruntant de l'énergie au vide il est possible de créer des particules massiques. Ce mécanisme est à l'origine de l'apparition de paires de particules virtuelles. » Source : https://fr.wikipedia.org/wiki/Vide_quantique#Fluctuation _du_vide_et_création_de_paires_de_particules

ments de particules : les synchrotrons[20].

Le principe de cette égalité inversée en est le suivant : on lance, en sens opposés, l'un vers l'autre, un électron (e^-) et son antiparticule : un positron (e^+).

Leur collision provoque l'apparition d'un très grand nombre de particules.

Quand on mesure la masse totale de toutes les particules créées par la collision et que nous la comparons à la masse des particules incidentes (celles entrant ici en jeu) qui produisent une masse totale deux cent mille (200 000) fois plus élevée que la masse des particules incidentes, l'énoncé selon lequel « la masse se conserve » est donc faux, puisqu'ici nous observons que la masse produite est beaucoup plus élevée que la masse des particules incidentes.

L'énergie cinétique des particules incidentes (celle qu'elles doivent à leurs mouvements) s'est matérialisée, entendons qu'elle s'est transformée en masse, comprenons : en de nouvelles particules créées par la collision.

Ici, nous comprenons cette propriété d'un objet qu'est la vitesse de mouvement d'une particule qui est capable de se transformer en une – autre – particule.

Ainsi – peu après des expériences présentées à un grand personnage de l'époque, dans un cadre plus discret, au mois d'avril 2048, qui formeront l'essentiel de ma narration –, en cette fin de l'été 2048, devant un parterre de physiciens, de chimistes, de biologistes, de journalistes et de

---

[20] *(Sciences de l'ingénieur(e))* « Le terme ''synchrotron'' désigne un grand instrument électromagnétique destiné à l'accélération, à haute énergie, de particules élémentaires. Le plus grand accélérateur de type ''synchrotron'' est le Grand collisionneur de hadrons (LHC) de vingt-sept kilomètres de circonférence, proche de Genève, en Suisse, construit en 2008 par l'Organisation européenne pour la recherche nucléaire (le CERN). » ; source : https://fr.wikipedia.org/wiki/ Synchrotron.

curieux de toutes sortes, les jeunes Alex et Tosh[21], alors respectivement âgés de vingt-deux et de vingt-et-un ans, tous deux élèves ingénieur(e)s d'une grande école scientifique parisienne, enseignant notamment par visiocours, venaient de réaliser une expérience qui, contredisant une partie des théories cosmologiques admises jusqu'alors, asseyait définitivement la théorie des supercordes tel le fondement de la théorie du tout[22], bouleversant tout ce qui avait nourri la controverse entre la théorie de la relativité et celle des *quanta*, depuis de récentes découvertes en physique des plasmas[23].

Depuis l'utilisation inédite d'une lampe à plasma[24] torique, formée de composants à l'échelle nanométrique, conçue et fabriquée pour cet usage très inhabituel, et après huit mois d'une concentration *intentionnelle* réitérativement produite et amplifiée par un protocole expérimental de

---

[21] Lesquels, quelques années auparavant, avaient participé au premier vol habité sur Mars, tel qu'il est narré dans *Nous en 2030* (De Sudres, 2016).

[22] La « théorie du tout » ou « théorie M ».

[23] *(Sciences de l'ingénieur(e))* « Pour produire une réaction de fusion nucléaire, il faut chauffer la matière à de très hautes températures (environ 150 millions de degrés Celsius). Dans ces conditions, les électrons se détachent complètement de leur noyau — on dit que l'atome s'ionise. La matière entre alors dans un nouvel état : l'état de plasma. » ; source : https://fr.wikipedia.org/wiki/ Tokamak#Le_chauffage_du_plasma.

[24] *(Sciences de l'ingénieur(e))* « Basé sur l'effet *corona*, le principe de fonctionnement d'une lampe à plasma s'apparente à celui d'une décharge électrique à barrière diélectrique. La haute tension appliquée à l'électrode centrale va générer un champ électrique élevé dans le volume de gaz sous basse pression entre les deux sphères de verre. Le milieu environnant, dont le potentiel est de zéro volt, joue le rôle de deuxième électrode. Le champ électrique créé grâce à la grosse boule de plasma accélère les électrons libres présents dans l'enceinte de la lampe, ce qui va causer une avalanche électronique due à l'ionisation des atomes de gaz par impact électronique. Cette avalanche croît exponentiellement en densité de charges, donnant finalement naissance à une décharge électrique entre les surfaces des sphères de verre. » Réf. :   https:// fr.wikipedia.org/wiki/Lampe_à_ plasma.

neuroconnectique transformationnelle, voici que, suite à une heure de concentration *volontaire*, Alex et Tosh avaient tous deux, réunissant leurs deux mains droite et gauche par l'index et le pouce placés spécifiquement l'un sous l'autre, devant des centaines de témoins, généré l'apparition, depuis « le vide », ou du moins ce que nous appelions ainsi jusqu'en cette année 2048, d'une magnifique rose jaune et orange.

Et alors de « rien » – entendons : « du vide » – s'était formé, depuis un arc électrique soudainement apparu, disparaissant puis réapparaissant plusieurs fois tout en diffusant une forte odeur d'ozone, une sorte de filament blanchâtre (ressemblant à une méduse) émanant de cet arc et s'agitant, qui s'était amplifié en volume, puis en densité, et avait progressivement pris la forme d'une corde, puis d'une queue de plante, avant qu'au sommet de cette queue végétale d'un vert soutenu, jaillisse, « du néant[25] », une rose déjà décrite, orange et jaune.

La fleur fut soumise à des experts qui, après quelques analyses réalisées sur place, affirmèrent qu'il s'agissait bien d'une rose… absolument normale ; ceux-ci en indiquant la variété et quelques spécificités botaniques attestant de son caractère pleinement « réel ».

La rose ayant été produite « à volonté et de manière reproductible », tel que le programme du colloque l'annonçait, il fut précisé, aux spectateurs de cette prouesse digne d'une « performance » artistique quoique celle-ci fût scientifique, qu'une autre rose serait produite de la même manière et depuis la même source, quelques heures plus tard, lorsque les jeunes gens auraient repris de l'énergie et

---

[25] *(Astrophysique spéculative)* Ici, l'auteur ose hypothéser que ce que nous appelons « le néant » serait en fait composé de dimensions enroulées sur elles-mêmes qui se désenrouleraient par séries de trois, selon une architecture décrite progressivement dans ce « roman ».

des couleurs, attendu qu'ils étaient très pâles à l'issue de cette expérience.

Tandis que des témoins, variés, se précipitaient pour photographier le « miracle », autant qu'ils le pouvaient, Alex et Taoshié, nos deux bidécagénaires[26], étaient escortés sous bonne garde loin des excités, afin de se reposer parce que, au dire des médecins les observant, ils étaient aussi épuisés que s'ils eussent couru un double « quatre mille mètres » en montagne.

Dans cet intermède, John-You fut invité à prendre le microphone pour expliquer à tous, en tant que physicien, le « phénomène » :

— Nous étions habitués à un monde fondé sur la mécanique classique, commença-t-il, *où « rien ne se crée, tout se transforme », selon la célèbre formule de Lavoisier[27]. Mais nous venons de découvrir que notre univers à trois dimensions d'espace et une de temps est imbriqué dans un univers plus complexe, à quatre dimensions d'espace et deux de temps, lequel modifie les lois physicochimiques du nôtre[28], depuis ses propres lois, sous certaines conditions, notamment lors de transformations de neutrinos muoniques*

---

[26] "Bidéca" : jeunes gens vingtenaires = âgés de vingt à vingt-neuf ans.

[27] *(Histoire)* Antoine-Laurent de Lavoisier (scientifique génial écrivant aussi son nom, par enthousiasme pour la Révolution française, dans cette formule brève : Antoine Lavoisier), *Traité élémentaire de chimie*, Librairie Cuchet, Paris, 1789 : « On voit que, pour arriver à la solution de ces deux questions, il fallait d'abord bien connaître l'analyse et la nature du corps susceptible de fermenter, et les produits de la fermentation ; car rien ne se crée, ni dans les opérations de l'art, ni dans celles de la nature, et l'on peut poser en principe que, dans toute opération, il y a une égale quantité de matière avant et après l'opération, que la qualité et la quantité des principes est la même, et qu'il n'y a que des changements, des modifications »

[28] *(Physique)* « Notre thèse est que l'on ne peut parler de "lois physiques" qu'à propos de descriptions « robustes » par rapport au passage à la limite entre connaissances potentiellement et actuellement infinies. », Ilya Prigogine et Isabelle Stengers, « Préface à la seconde édition », p.20, *La nouvelle alliance*, Éd. Gallimard, Paris, 1979, réed. 1986.

en neutrinos électroniques. Ce à quoi vous venez d'assister est la première transformation expérimentale publique d'énergie en matière que nous puissions vous présenter, opérée depuis un corps vivant, ou plutôt deux, s'étant neuroconnectés à ces éléments, principalement protoniques et neutrinoniques, permettant la transformation de l'énergie en matière, depuis des cerveaux – des cerveaux de ces grands singes sapiens dans la peau desquels nous nous réveillons tous, chaque matin – aptes à se représenter conceptuellement, avec une extrême précision : la forme, l'épaisseur, la pesanteur, la texture, la couleur et l'odeur d'une telle fleur.

5

« L'immortel » pape transhumain Pierre II

« Ce qui soulève, je le répète aussi, le problème du vieillissement des cellules souches. Les cellules souches qui se sont divisées plusieurs fois sont-elles toujours jeunes ? Et si oui, pourquoi ? On évoque leur environnement, des « niches » qui les maintiendraient dans l'état « souche ». Cet état est lié à la conformation de la chromatine dans laquelle des groupes de facteurs à activités épigénétiques jouent un rôle important. »

Alain Prochiantz[29]

« Par-delà la plasticité morphologique qui va en diminuant fortement (c'est aussi le cas pour la neurogenèse) avec le vieillissement, il est aussi possible que certaines situations induisent un retour en arrière, une forme de rajeunissement, qui rouvre des circuits à la plasticité en modifiant leur état épigénétique. »

Alain Prochiantz[30]

En ces années 2040, la société-monde terrienne était devenue méconnaissable…

L'humanité baignait dans le climat hyperstressant de l'éternelle annonce d'un redémarrage économique – tantôt sectoriel, tantôt géographique – jamais effectif, car s'en tenant à des soubresauts non suivis d'un effet durable.

Cette époque donnait suite à une période d'extrême précarité, entendons : à une forme de pauvreté généralisée

---

[29] Alain Prochiantz, *Qu'est-ce que le vivant ?*, chapitre 4, « Embryogenèse silencieuse », p.55, éditions du Seuil, Paris, 2012.

[30] Alain Prochiantz, *Qu'est-ce que le vivant ?*, « Épilogue », p.155, éditions du Seuil, Paris, 2012.

masquée par une employabilité instable, laquelle était amplifiée par des problèmes de santé touchant tour à tour de nombreuses petites populations (gens brusquement atteints d'une même maladie « rare », habitants d'une localité donnée soudain tous sujets à un même type de virus, etc.) de manière épuisante parce que presque ininterrompue et, ce, de façon récurremment épidémique.

A tout cela s'ajoutait une angoisse croissante devant la montée de l'intelligence artificielle (ordinateurs et robots ne connaissant ni la fatigue, ni la maladie, ni la retraite), cette « montée en puissance » conduisant un nombre illimité d'individus à opter pour se doper de multiples molécules dites « d'augmentation »… motriperceptive, affective et cognitive[31].

Ces individus, précarisés de plus en plus longtemps, et, de fait, durablement paupérisés, en arrivaient à explorer toutes les formes de la folie – dépressive voire suicidaire –, depuis le suicide solitaire discret jusqu'au suicide publique, voire médiatique : des malheureux s'immolant et d'autres s'explosant au nom de radicalismes terroristes rattachés à n'importe quelle cause à la mode, religieuse ou non.

Et tout cela était saupoudré de peurs rémanentes concernant le passage de notre étoile, Soleil, dans, successivement, trois groupes de géocroiseurs, depuis les années 2020.

Enfin, ces problèmes astronomiques étaient amplifiés par d'autres peurs, principalement celles provoquées par les guerres conventionnelles tournantes d'alors, affectant tels et tels pays, puis tels et tels autres, la chronique des années 2040 étant fortement marquée par les interventions médiatiques, fréquentes, du principal représentant d'une des trois

---

[31] Consulter le *Pacte synarchiste contre la précarité et pour la durabilité*, éditions K-MDS – Presses de l'Avenir (2017).

grandes religions monothéistes ayant traversées la première moitié du vingt-et-unième siècle : le christianisme.

Ainsi, le pape Pierre II, tel qu'il avait choisi que fut son nom de règne, dérangeait parce qu'il n'apparaissait pas tel un humain « normal », mais plutôt tel un transhumain...

En effet, ce digne successeur du très chrétien pape François, était un mystère pour tous puisque, disait-on, il ne vieillissait pas : aucune ride ne s'ajoutant à celles de l'époque de son élection par sa fratrie cardinale, plus d'une décennie plus tôt. Sa démarche – de même que son discours, son sourire, son humour et sa gentillesse – qu'on avait toujours connue alerte et vigoureuse, demeurait inexplicablement inchangée au fil des ans, malgré que, depuis peu de temps, il n'apparaissait qu'en fauteuil roulant, ce fauteuil n'ayant probablement pas d'autre objet que de calmer la rumeur.

La pire rumeur, circulant alors, colportait qu'il n'y avait plus de pape depuis longtemps, celui qui avait pris le nom de Pierre n'étant pas un cardinal réel, mais un personnage de synthèse, tridimensionnel, animé par des ordinateurs.

Cette rumeur voulait que le chef de la chrétienté – le chef de la « secte catholique », comme le disaient ses plus agacés adversaires – fut, depuis son commencement, une illusion et que, lorsqu'on le voyait, ce qui était vu ne fut qu'une projection holographique.

Ainsi, les avis étaient partagés de telle sorte que celui qui allait s'exprimer pour célébrer les Pâques chrétiennes, en ce mois d'avril 2048, n'était, pour beaucoup de gens, qu'une fausse unité dissimulant l'illusion d'un homme parlant avec une même unique voix synthétique quoique, en réalité, il se fut agi d'une technologie disant, en unifiant leurs voix, ce que décidaient de dire les cardinaux régnant sur la cité vaticane.

L'une des rumeurs, atténuant celle-ci, popularisait qu'il s'agissait d'un vieillard maintenu en vie par des molécules dites « d'antivieillissement[32] ».

Cette double rumeur, n'en formant qu'une sous la forme d'une légende urbaine, suscitait tour à tour colères et jalousies, flagorneries, hypocrisies, ainsi que faussement vraies, vraiment fausses et probablement vraiment vraies dévotions ; les religieux de toutes confessions s'offusquant de n'avoir pas accès à ce « secret d'immortalité », qu'il se fut agi d'une forme révolutionnaire d'holographie ou de nano-médicaments d'un genre alors encore exceptionnel, ou d'un assemblage des deux, et qu'ils fussent chrétiens, juifs, musulmans ou encore hindouistes, bouddhistes, taoïstes ou d'autres croyances religieuses.

Des intellectuels tiraient à boulets fumants sur le personnage qui n'existait peut-être pas, des révoltés criaient « à l'injustice » contre un monde à deux vitesses bio-médicales, des chefs de gouvernements, athées ou pour le moins agnostiques, demandaient audience au « saint homme » pour en percer le mystère, ainsi que pour calmer les foules se mourant d'épuisement en combattant quoti-diennement pour conserver leurs emplois, face à l'intelli-gence artificielle toujours plus performante qu'elles, chacun s'efforçant de se doper de molécules d'augmentation motri-perceptive, affective et cognitive dans l'objectif de travailler

---

[32] *(Génétique spéculative, Pharmacologie)* Il s'agit de molécules analo-gues à CRISPR (séquences nucléotidiques formées de courtes répétitions palindromiques groupées et régulièrement espacées qui façonnent CAS9, une enzyme spécialisée dans la découpe de brins d'ADN) qui, d'une part, modifie notre code génétique afin de produire des cellules qui poussent plus vite que les cellules normales, et, d'autre part, qui assure l'élimination des cellules sénescentes (= en fin de cycle de vie), ce qui permet d'éra-diquer les maladies dites « de l'âge », et d'avoir, à l'âge de quatre-vingt-dix ans, l'aspect cellulaire, organique et corporel d'un *sapiens* de soixante ans, cette élimination étant amplifiée par l'absorption de médicaments sé-nolytiques couplant un anticancéreux, le dasatinib ($C_{22}H_{26}ClN_7O_2S$) et un antihistaminique anti-oxydant anti-inflammatoire, la quercétine ($C_{15}H_{10}O_7$).

seize heures par jour avec un tonus musculaire superbe, une joie de vivre intense, une surmémoire et une surattention auxquelles mettaient fin de brusques arrêts cardiaques, des cancers foudroyants ou des entrées en démence neuro-dégénérative de plus en plus précoces, emportant plus d'un individu sur deux avant sa quarante sixième année dans un état pitoyable, comme il a déjà été écrit ailleurs[33].

La controverse allait encore plus loin…

D'après certains, ce pape – qui aurait peut-être été initialement un homme – n'en était plus un. Lui avait été substitué une forme très avancée d'intelligence artificielle, entendons : un robot capable de simuler tous les comportements caractéristiques de l'humanité sapienne, jusqu'aux plus grandioses, manifestant de ce fait les plus nobles sentiments humains *sapiens*, et, ainsi, rendant Pierre II digne du premier des papes, depuis une bonté et une compassion hors normes, plus qu'humaines et, pour cause : robotiques !

Des leaders musulmans et juifs, notamment, main dans la main, s'étaient plusieurs fois prononcés contre cette « infâme moquerie » de la réalité religieuse : ce pape qui était probablement un robot dictant des actes de foi à des croyants, ç'en était trop !

Il y avait déjà eu six attentats, mais il ne mourait pas, même avec une bombe placée sous ses pieds. Il s'agissait là, à l'évidence, d'un miracle répété à volonté : un « miracle » technologique…

Or voici que ce « pape », en soi iconoclaste parce que possiblement hologramme ou robot ou sinon trans-humain (microprocessé, neurodopé, ou encore les deux à la fois, ainsi que *cyborg*uisé), allait jeter un énorme pavé dans la mare de ce qui paraissait établi depuis des siècles.

---

[33] Daniel-Philippe de Sudres, *Nous en 2030*, chapitre 2.

6

Ludicium praeparatio :
l'étonnante encyclique du pape
Pierre II

« Nous n'héritons pas la Terre de nos parents, nous l'empruntons à nos enfants. »

Antoine de Saint-Exupéry[34]

Ce pape – dont nul ne savait s'il était vraiment un humain « normal »… épigénétiquement étonnamment ultra-chanceux, un transhumain moléculairement supersurdopé ou, sinon, un *cyborg*, ou bien un hologramme manifestant « individuellement » un collectif de cardinaux prenant tour à tour la parole en lui, ou encore un robot – rédigea une encyclique à laquelle il donna le titre très polémique : « *Ludicium praeparatio*[35]» qui produisit l'effet le plus explosif qu'on eut pu imaginer.

Pierre II commençait celle-ci par des termes d'une largesse telle que tous les lecteurs – quelle que soit leur religion ou leur non religion – le trouvèrent admirable.

Ses premiers mots étaient en effet ceux-ci : « Tous,

---

[34] Antoine de Saint-Exupéry, *Terre des Hommes*, Gallimard, Paris, 1939.

[35] « De la préparation du Jugement »

sous le disque lumineux du Soleil[36], reconnaissons l'Amour tel le Bien universel suprême. Les Juifs pieux attendent le messie tel qu'il est annoncé dans les versets du chapitre 53 du livre d'Isaïe[37]. Cinq versets coraniques[38] et plusieurs hadiths annoncent qu'à la fin des temps sera le Jugement Dernier et que « le prophète Yeshouah reviendra pour accomplir ce qui est écrit » et qu'ainsi « tous ceux qui le suivront seront sauvés, comme il est écrit dans le Livre ». De même, aux portes de l'Asie, là où le nom d'Isa figure sur les pierres, les cultes hindouistes et bouddhistes annoncent que « viendra une ère nouvelle pour l'humanité marquée par Vajra-Maitreya, le bouddha foudroyant de bienveillance qui apportera l'ultime compassion de la miséricorde absolue », lequel sera « le dixième avatar de Vishnou[39] revenant pour insuffler *le sens pur* ». »

---

[36] *(Théologie)* Référence évidente au pharaon de la dix-huitième dynastie Amen Ophis – ou Amen Orep – IV, dit Ak ankh Aton (« joie du disque solaire ») qui, comme nous le savons aujourd'hui, fonda le premier monothéisme qui, après sa mort, a suscité la naissance du judaïsme.

[37] (Théologie) En référence au livre de Yeshayahu (Isaïe) 53.5, ZK, *Zohar*), « Nombres », Pinhas 21,8a, au livre de Micah 5: 2-5 (où il est précisé que le Messiah naîtra dans la ville de Bethlehem), au livre de Daniel, 9 (où il est précisé que : « le messie naîtra et mourra avant la destruction du Second Temple », laquelle eut lieu en l'an 70 de l'ère actuelle).

[38] *(Théologie)* Sourate 3, verset 55 « Rappelle-toi quand Allah dit : "Ô 'Isa (Jésus), certes, Je vais mettre fin à ta vie terrestre t'élever vers Moi, te débarrasser de ceux qui n'ont pas cru et mettre jusqu'au Jour de la Résurrection, ceux qui te suivent au-dessus de ceux qui ne croient pas. Puis, c'est vers Moi que sera votre retour, et Je jugerai, entre vous, ce sur quoi vous vous opposiez. », ainsi qu'à ce hadith majeur : « D'après Abou Hourayra (qu'Allah soit satisfait de lui), le Prophète (bénédiction et salut soient sur lui) a dit : "Par Celui qui tient mon âme en sa main, la descente de Jésus fils de Marie est imminente ; il sera pour vous un arbitre juste, et cassera la croix, et tuera les porcs et mettra fin à la guerre, et il prodiguera des biens tels que personne n'en voudra plus. En ce moment-là, une seule prosternation sera meilleure que le monde et son contenu". (Note de Rachida)

[39] *(Théologie)* Dans l'hindouisme, Bouddha (Siddharta Gautama) est considéré comme la neuvième incarnation du Dieu Vishnou (https://fr.wikipedia.org/wiki/Bouddha#Bouddha_et_ l'hindouisme). Pareillement, le dixième et dernier avatar de Vishnou étant « le destructeur des impurs » ou « grand juge de la pureté » : « Il clora le Kali Yuga, l'âge sombre, et inaugurera le Satya Yuga, l'âge de la pureté. Sri Aurobindo voit en l'avatar Kalkî un symbole du développement spirituel de l'être humain. » Réf. : https://fr.wikipedia.org/wiki/Kalkî

Puis, Pierre II, laissant entendre le retour proche du fondateur du christianisme à travers ces multiples avatars allant du judaïsme au bouddhisme, continuait sa « lettre circulaire » par un pardon qu'il demandait aux défunts injustement tués par l'Église : « en des temps où la sagesse qui sollicite la miséricordieuse et très compatissante tolérance, qui fonde l'amour de Jésus, n'illuminait pas tous les cœurs ». L'encyclique précisant encore : « Ne sera sauvé, lors du Jugement, que celui qui sait pardonner à ses ennemis : sans peurs, sans calculs, en ayant juste la foi dans le fait que les cœurs vont tous s'ouvrir, l'Amour réveillant l'Amour, tel que le barbare se regardera lui-même avec étonnement et se demandera à quoi sert son mal, tel que le fou sera interpellé par l'absurdité de sa folie, le Diable lui-même sera bouleversé par tout l'amour lui étant offert pour qu'il ait droit lui aussi à sa part de joie rédemptrice ».

L'encyclique précisait encore, étonnamment, dans cette partie : « Plus ne sera besoin de baptême au dehors du cœur de chacun, hors de sa conscience propre : dès aujourd'hui, moi, Pierre le Romain, annonce qu'en ces temps, quiconque ouvre son cœur et pardonne jusqu'à aimer ses ennemis, par des actes de générosité emplie d'amour envers eux, reçoit un nouveau baptême qui vient directement de l'Esprit Saint, et il ressent ce baptême en lui-même, sans l'intermédiation de quiconque, car la Grâce le touche comme s'il était le Fils, à l'instant même où il offre son amour à son ennemi qui lui devient un ami. »

Ensuite, à titre d'illustration de ce grand pardon, ce surprenant pape y revisitait le procès des Templiers, en y expliquant que l'unique péché des « pauvres chevaliers du Christ » avait été « d'inquiéter un roi cupide et un pape couard », et qu'il se réjouissait que « Dieu ait, dans sa très compatissante miséricorde, voulu que plusieurs en réchappassent afin de délivrer le message qu'ils avaient compris ».

Plus surprenant encore, le pape Pierre II avait osé écrire dans ces pages étonnantes : « Nous, pape Pierre le Romain, réitérons l'absolution secrète de notre déjà lointain prédécesseur Clément V et la rendons publique, demandant que procès de béatification soit ouvert pour honorer les frères templiers. »

Déjà, cette encyclique causait grands bruits. Le pape Pierre y évoquait le quatrième vœu jésuitique qui est dit « de double obéissance » puisqu'il reprend le troisième de tous les vœux monastiques catholiques (l'obéissance) et lui ajoute, quant au fait d'obéir, d'obéir encore « *tel un cadavre*[40] ».

Il y précisait, en toutes lettres, qu'ainsi les Jésuites, par ce vœu déclarant qu'en chacun d'eux « l'*ego* égoïste et médiocre des humains vulgaires, égocentrés, est par eux intentionnellement remplacé par un *tutto* altruiste généreusement au service de tous », « sont, comme les pauvres chevaliers du Christ, invités à l'abnégation qui, dans les temps qui viennent, sera le modèle d'Amour inconditionnel que chaque chrétien est, par cette encyclique, invité à suivre. »

Se référant à la très référente bibliothèque vaticane, l'encyclique assurait « de tout l'amour de la très sainte Église qui se repent d'avoir jadis méjugé ces chevaliers », évoquant « ceux d'entre eux s'étant réfugiés en Ecosse[41] ».

Plus surprenant encore, le pape Pierre décidait « que tous les maçons bâtisseurs de cathédrales qui, depuis ces

---

[40] *(Théologie)* La formule latine du quatrième vœu jésuitique est « *perinde ac cadaver* » (« obéir tel un cadavre »).

[41] *(Archéologie, Histoire)* Leurs tombes sont encore visibles aujourd'hui, principalement dans les villages de Kilmartin et de Kilmory, ainsi qu'aux alentour d'Edimbourg. La victoire, qui avait assuré l'indépendance de l'Écosse face à l'Angleterre, est un haut fait d'armes de ces chevaliers armés et entraînés. Ces moines-soldats ayant ensuite été autorisés, par le roi écossais, à exercer dans ce pays (Scotland) tous métiers du bâtiment : architectes maîtres d'œuvres, ingénieurs, et jusqu'à simples maçons.

Écossais, ont participé à bâtir le monde tel qu'il est dans son universalité, sont aujourd'hui dignes d'être reconnus tels les enfants de l'Église qui les réintègre en son sein depuis maintenant et pour toujours, car tel en décidera le grand Juge qui vient après moi et dont j'annonce la venue. »

Puis le pape Pierre II ajoutait à ceci que « toutes les excommunications à l'encontre de ces frères maçons, présents et passés[42] sont dorénavant levées », « car Jésus aime tous les Hommes, il aime jusqu'à ses ennemis qui, puisqu'il les accompagne partout, confondus par son immense Amour, l'aiment en retour et le servent pleinement. »

Et il précisait « Que ceux qui voient en la personne du pape un intermédiaire entre Dieu et leur conscience se rassurent : car je suis le dernier des papes, après moi il n'en sera plus et, pourtant, je serai toujours parmi vous ».

L'encyclique concluait par le fait que « les temps chrétiens sont arrivés où le Christ va revenir non sous la forme d'un seul, mais sous celle de l'Amour qui, par l'Esprit saint, touche le très grand nombre des cœurs », précisant le fait que « des humains victorieux de leurs péchés, contrôlant tout en eux-mêmes comme le recommandaient les exercices spirituels[43] en seront les continuateurs », précisant que le Jugement Dernier commençait avec la propagation de cette encyclique proclamant qu'« A partir de ce jour, chacun est juge terrible de soi-même et se doit de répandre le Bien et d'évoluer jusqu'à devenir capable des miracles de Jésus-Christ, dont le premier est d'aimer même ses ennemis ».

---

[42] *(Théologie)* L'encyclique du pape Pierre II se réfère ici à l'encyclique *In eminenti apostolatus specula* (1738), du pape Clément XII (1730 – 1740).

[43] *(Théologie)* Référence aux « exercices spirituels » d'Ignace de Loyola, visant à atteindre une liberté intérieure illimitée.

7

La surprenante invitation papale

« La matière crée la courbure (de l'espace-temps), *la courbure contraint la matière à bouger. »*

Jean-Pierre Luminet[44]

Mon ami et protecteur A., qui était l'un de ceux ayant épaulé, par leurs plus sympathiques encouragements, depuis leur commencement, mes travaux de recherche en neuroconnectique, me prit chaleureusement dans ses bras.

En ce mois d'avril 2048, il nous avait invités, John-You, Zelda, Alexandrej, Taoshié et moi, chez lui, à Monaco, pour nous réjouir d'une belle soirée organisée en notre honneur et réunissant ses sœurs, sa compagne et ses enfants, ainsi que quelques siens neveux et nièces curieux de nous, que tous appelaient, depuis notre vol spatial, « les Martiens[45] ».

Le lendemain matin, après que nous ayons goûté à une bonne nuit de sommeil suivie d'un petit-déjeuner copieux, il s'embarqua avec nous dans un petit avion privé sien à destination de Roma, la ville qui est doublement capitale tant de l'Italia que du Stato della Città del Vaticano où il nous avait obtenu le très haut privilège d'une rencontre privée avec le pape Pierre II, ce dernier souhaitant, absolument et en grande urgence, s'entretenir avec nous.

---

44 Jean-Pierre Luminet, *Les trous noirs*, éditions du Seuil, Paris, 1992.

45 *(Littérature de science-fiction)* Tel que nous l'apprenons dans le roman *Nous en 2030*, les héros, ayant séjourné trois ans sur Mars, sont, à leur retour, populairement appelés : « les Martiens ».

Mes amis « Martiens » tout comme moi, et moi de même, étions assurément heureux de cet entretien que nous devions à l'amicale intercession d'A. Et ceci à plusieurs titres…

D'abord, nous allions approcher la vérité concernant le mystère de cet « homme » ou, pour le moins, de ce pape – dont nul ne savait s'il était vraiment complètement et « normalement » humain – et, peut-être, accéder à la « partie du théâtre placée derrière ou à côté de la scène[46] », en référence à la formule intrigante de Benjamin Disraeli[47].

Ensuite, nous allions savoir pourquoi ce pape (humain authentique, transhumain authentiquement cyber-nétique ou moléculairement très « augmenté », ou robot pleinement numérique, ou autre ''étrangement étrange étrangeté'') avait sollicité si solennellement la visite des « Martiens » que nous étions, ayant insisté auprès de mon ami A. pour que trois d'entre nous – John-You, Zelda et moi-même précisément – vinssent accompagnés de nos deux

---

[46] *(Littérature générale)* Définition du mot « coulisse », d'après le dictionnaire de l'Académie française, édition de 1718.

[47] *(Histoire, Sciences politiques)* Benjamin Disraeli, *Sybil or the Two Nation*, Henry Colburn Publisher, London, 1845, dont une citation célèbre reprise, souvent par morceaux, dans plusieurs de ses discours (notamment à la Chambre des Communes, 1860, 1863) : « Être conscient que l'on est ignorant est un grand pas vers la connaissance : nul gouvernement ne peut durer avec solidité longtemps s'il ne dispose d'une redoutable opposition nécessitant qu'il revienne sans cesse sur le socle de ses fondamentaux, et les adapte à la réalité des événements par une législation permissive qui est la caractéristique d'un peuple libre, parce qu'il est nécessaire pour son avancée que le peuple soit libre, parce que cette avancée est voulue par des gens voyant loin, parce que le monde est gouverné par des personnages pleinement autres que ne le supposent ceux dont le regard ne plonge dans les coulisses. » Nous savons aujourd'hui que les réels dirigeants de ce monde ne sont pas ceux élus ou autrement placés au pouvoir ici où là, mais sont des êtres conscients d'eux-mêmes et de l'évolution de l'humanité, généralement en postes de hauts et très hauts fonctionnaires qui, dans l'ombre, au-delà des intrigues de palais des petits ambitieux placés sur la scène, pensent loin et assurent aux pays leur stabilité, leur développement et leur liberté.

« enfants[48] ».

Nous fûmes, tous les six, invités à nous rendre dans l'appartement des audiences papales, situé au deuxième étage du Palatium Apostolicum, le palais apostolique, pour nous y asseoir sur des sièges donnant face à un rideau, placé devant une porte, d'où il nous fut annoncé qu'il allait paraître.

Très ponctuel, ce qui avait tout l'air d'un homme en fauteuil roulant, poussé par un autre et accompagné d'un troisième, apparut depuis ce rideau soudain tiré. Nous nous levâmes alors tous, en guise de salutation respectueuse.

A., qui, je le savais, le connaissait bien, marcha vers lui de quelques pas protocolaires emplis d'un sincère vif élan de sympathie.

Arrivé devant le fauteuil, mon ami prit la main du vieil homme (ou du robot paraissant tel) pour la lui baiser avec un profond respect qu'amplifiait une expressive très forte amitié, sincère, presque filiale, ce pendant que le pape, le tirant jusqu'à amener son visage tout près de lui, l'embrassa très chaleureusement sur la joue, en lui disant audiblement :

— *Sois le bienvenu, mon fils !*

Puis, tandis que l'homme qui avait poussé le fauteuil s'en retournait, et après quelques secondes d'une étreinte intense où le pape garda les épaules de mon ami entre ses mains, il les lâcha et A., se redressant, vint se rasseoir parmi nous.

Ce « souverain pontife », en nous regardant tous les six, nous adressa quelques mots en langue latine, qu'il nous

---

[48] *(Littérature de science-fiction)* Tel que nous l'apprenons dans *Nous en 2030*, sont envoyés sur Mars douze spationautes, dont dix adultes et... deux enfants, Alexandrej et Toshiko, que tous les membres de l'équipage considèrent comme leurs, disant volontiers d'eux : « nos enfants ».

traduisit ainsi :

— Bienvenue aussi à vous mes enfants ainsi qu'à tous les enfants de cette nouvelle humanité qui vient !

Mon regard croisa brièvement ceux de mes amis…

Il s'agissait bien de sa voix, celle que nous entendions depuis des années sur toutes sortes de médias. De plusss, il avait embrassé et serré de ses mains les épaules d'A.

Ainsi, nous n'étions pas devant un hologramme qui se serait dissipé dans l'air. Il ne s'agissait pas, non plus, *a priori* du moins, d'un robot humanoïde ou d'une forme de posthumanité numérique qui n'eut pas produit cette intense émotion le reliant à A., jusque dans la bonté des regards bienveillants qu'il lui avait adressés.

Toutefois, le mystère restait entier pour nous, devant le pape Pierre, tel qu'il apparaissait sur nos écrans depuis le décès du pape François : il paraissait ne pas prendre de rides et résister à toutes les maladies, et peut-être même aux balles d'armes à feu et aux poisons…

Loin de ces considérations, notre objectif était de connaître le motif de son invitation, si pressante, à nous rencontrer et, surtout, à rencontrer nos enfants, Alex et Tosh.

Quel fait d'importance se dessinait derrière une telle invitation, si impérative, si urgente, si solennelle ?

Bien qu'on nous eût indiqué le protocole à suivre, plus d'une demi-heure avant qu'eût lieu la rencontre, nous étions tous quelque peu maladroits dans nos réactions, à l'exception d'A. qui, connaissant parfaitement tout ceci, nous donna généreusement de sages conseils, enrichis de son exemple à suivre.

A l'occasion, nous pûmes constater que le vieil homme (ou l'être « augmenté » ou autrement « *boosté* », ou le robot qui nous paraissait être ainsi qualifiable de « vieil homme »), se tenant devant nous, était un fin observateur, d'une grande bonté, observant l'être de chacun(e) par-dedans son paraître, et observant la sincérité par-dedans l'étiquette protocolaire.

— Approchez-vous, chers « Martiens » que je suis si heureux de rencontrer enfin, afin que je vous embrasse aussi !, nous dit-il bientôt avant de prendre nos mains dans ses mains comme en nous embrassant, par elles, depuis son fauteuil, tour à tour, les plus âgés d'abord et les plus jeunes ensuite, avec l'effusion très sincère d'un vieil ami, alors que nous ne le connaissions pas quelques minutes avant ;   cet acte chaleureux nous libérant ainsi généreusement de tous nos embarras.

Non, il ne se pouvait pas qu'il fut un robot, ou alors il était un robot doté d'un logiciel sémantique producteur de très intenses émotions…

A sa demande, nous nous rassîmes, tandis qu'il s'installa plus profondément dans son fauteuil roulant.

Après quelques questions d'usage, adressées à A. puis à nous autres « Martiens », concernant notre arrivée à Roma et notre bon accueil ici, dans la cité vaticane, il en vint à son propos :

— Je sais que votre langage est différent du mien, que vous parlez la langue scientifique quand je parle la langue théologique. Mais je sais aussi que nous nous comprenons parce que nous voulons, vous et moi, percer le mystère de ce qui vous a, dites-vous :   « transformés ».

Depuis mes mots, depuis mon langage, je vais dire que votre séjour sur Mars vous a « transfiguré » et que vous êtes ainsi, à l'instar de Jésus, à la fois étrangers et autochtones, Martiens et Terriens, bâtis de chair et pourtant presque transcendant celle-ci, et ainsi, pour ainsi dire : d'un autre monde et de ce monde.

Il nous laissa, pendant quelques secondes, digérer ses paroles, puis reprit :

— *Vous autres, les « jedhumains », comme il se dit aussi, êtes déjà « dans les souliers de Jésus ».*

Zelda fut prise d'une légère quinte de toux qu'elle auto-observa et s'efforça de calmer, ce pendant que, déjà, le vieil homme lui dit :

— *Mon enfant, je sais que pour toi rien n'est écrit, que le hasard et la nécessité régissent ce monde et qu'il n'est pas de « jugement divin », ni non plus de « Dieu », et c'est parce que vous, jedhumains, êtes athées et dans cette liberté totale, dans cette pureté entière, sans conditionnements, comme l'enfant qui vient de naître, que vous avez été choisis, selon la conception théologique qui est nôtre, à nous gens d'Église, pour accomplir ce qui sera la fin et l'apothéose du christianisme. Permettez-moi ce compromis : disons que la nécessité a provoqué le hasard, et que par hasard vous êtes devenus, ce que vous êtes, pour servir la vie, et que, dans cette vie, est une nécessité qui correspond hasardeusement, mais aussi parfaitement, et chanceusement, à ce que nous, chrétiens, attendions.*

John-You s'agita et le grand vieillard, le remarquant,

l'invita à s'exprimer ; notre ami lui lançant alors :

— *Très saint Père, je suis peu familier de vos coutumes, mais je ressens que vous êtes plein de bienveillance. Vous nous avez invité à vous rencontrer pour, telle que nous en informait votre missive, nous confier un grand secret ainsi qu'une importante mission. Qu'en est-il ?*

Le vieil homme sourit affectueusement, durablement, comme pour nous relaxer, puis il lui répondit ainsi :

— *Ce que, dans le monde chrétien, et, plus spécifiquement, dans la théologie catholique, nous, papes et cardinaux, nommons aujourd'hui « le temps de l'Adoration » est achevé. Les signes, annoncés dans les livres de notre religion, notamment celui de Jean, sont là, présents, qui nous guident dans l'Annonce d'une période que nous appelons celle du retour du Christ. Ceci doit vous paraître bien étrange, puisque, pour vous, le fondateur du christianisme est simplement et strictement mort. Pour nous, la période qui vient va être le moment d'éprouver et de prouver notre foi – et encore de la stabiliser… ou de la perdre –, au risque de nous ridiculiser si nous nous en tenons à un pari pascalien, puisque soit nous sommes dans l'erreur et le Christ ne reviendra pas, soit notre croyance est fondée sur une réalité transcendant tout ce que nous vivons au quotidien, parce qu'il sera bientôt parmi nous soit en chair, en tant qu'individu, soit d'une façon multiple que nous considérons telle très probable selon les canons de notre religion.*

A. leva discrètement un doigt sollicitant la parole, depuis l'une de ses mains posées sur ses genoux.

Ce à quoi le « souverain pontife » lui accorda la parole d'un geste ouvert de la main, auquel mon ami répondit en lui disant :

— *Ce que Votre Sainteté annonçait dans l'encyclique était-il donc cela ?*

— *Oui, mon fils, ton esprit a su lire et ton cœur a su écouter*, reprit le pape, se tournant plus particulièrement vers nous, « Martiens », pour nous déclarer très solennellement : *maintenant commencent les temps de l'Imitation, et bien que vous soyez athées et ne croyez pas en la mission de l'Église qui, pour vous, n'est qu'une secte religieuse parmi tant d'autres, et justement pour cela, vous avez été choisi par Dieu, tels que nous l'entendons, nous pape et cardinaux, pour devenir des christs vivants, les premiers qui seront l'accomplissement de ce que vous appelez « l'espèce humaine sapienne ».*

Alors le pape Pierre s'adressa à nous tous et nous exposa qu'il nous priait d'installer une délégation tournante de trois d'entre nous, « Martiens », pour résider en son palais, afin d'y former, depuis un enseignement spécifique, de nouveaux apôtres, des « apôtres d'une nouvelle sorte » qui ne seraient ni nécessairement prêtres, ni même chrétiens, mais simplement des humains s'entraînant quotidiennement à atteindre : « *''l'état de Christ'', selon ce que vous appelez, depuis vos critères neuroscientifiques, le ''stade V de veille*[49]*'' ».*

Un moment silencieux, il nous laissa tous les six nous recentrer sur nous-mêmes et sur la situation inaccoutumée que nous vivions. Puis, il reprit :

---

[49] *(Neurobiologie)* Lire : *La neuroconnectique, neuroscience de l'éveil – libérateur de nos conditionnements biologiques, psychologiques et psychosociaux* (De Sudres *et al.*, 2017) afin d'y découvrir les cinq stades de l'état de veille, mis en évidence par la recherche en neuroconnectique, qui sont accessibles à tout humain *sapiens*.

— *Savez-vous ce que signifie « Jésus le Naza-réen » ?*

— *Jésus, l'habitant de Nazareth !*, lui répondis-je.

— *Non pas, mon enfant*, reprit-il avec un sourire empli de tendresse : *ce terme désigne « Jésus le pratiquant du naziréat[50] » qui était une forme de yoga très poussé auquel se vouaient Jésus et plusieurs mystiques à cette époque, et qui ressemblait de près à ce que tu nommes « neuroconnectique » et que vous avez, vous autres « Martiens », pratiqué, avec ardeur, pendant les trois années de votre séjour sur Mars, et que vous continuez d'explorer et d'enseigner à présent.*

Son secrétaire, à sa demande, ouvrit devant nous un livre très ancien, ou sa copie, rédigé en langue araméenne, langue que Zelda connaissait, livre qu'il avait décidé de sortir de la bibliothèque vaticane pour nous en révéler le secret, et qui impressionna si fort notre amie que d'hostile, elle passa à curieuse.

Quant à John-You et moi, nous échangeâmes quelques complices regards allant vers nos deux enfants. Ces échanges de regards étaient significatifs du fait que nous comprenions tous deux que le pape Pierre « le romain » ait voulu nous rencontrer pour nous entendre parler de notre entrainement durant trois ans, sur Mars, ce pendant que nous ne comprenions pas pourquoi il avait tant insisté pour

---

[50] *(Théologie)* Popularisé en « *nazir* », depuis le fait de « se raser le crâne, attendre sept jours et, le huitième, apporter deux tourterelles et deux pigeons au prêtre comme offrande d'expiation pour le péché d'impureté », réf. : Geoffrey Wigoder (dir.), *Dictionnaire encyclopédique du judaïsme*, Paris, Cerf – Robert Laffont, coll. « Bouquins », 1996, p. 724-725 ; https://fr.wikipedia.org/wiki/Nazir, le « naziréat » se retrouve notamment dans la forme la plus élevée du hassidisme et dans l'Islam mystique au gré de moines nomades qui, depuis une forme ascétique extrême de *qalandari*, se rasent le crâne et les sourcils selon une *tariqa* spécifique impliquant la récitation du *dhikr* ou « rappel de soi en Dieu ».

qu'Alex et Tosh fussent présents lors de notre visite. John-You le lui demanda ouvertement.

— *Sachez, mes enfants*, lui répondit le religieux, *que plus que de vous demander d'enseigner ici, en la Città del Vaticano, cette connectique neuronale qui vous a rendu si différents depuis votre séjour sur Mars, à toi, mon fils* (il se tourna alors explicitement vers moi) *ou à vous mes enfants* (il regarda Zelda et John-You), *qui l'avez très intensément pratiquée, je souhaite demander leur aide à ces jeunes gens qui vous accompagnent à ma demande insistante.*

A. nous avait, dans les mois précédents, informé que Sa Sainteté avait lu notre *Pacte*[51] et l'avait appuyé de sa bénédiction. Le pape Pierre II savait donc que nous étions partisans d'une stricte distribution de l'activité professionnelle selon une classification par âges, respectueuse de chaque âge, et que, dans ce cadre, une mission d'enseignement de niveau universitaire ne pouvait pas être confiée à ces jeunes gens, évidemment peu matures, puisque âgés d'une toute petite vingtaine d'années.

— *Je sais ce qu'il se pense en vous en ce moment*, reprit Pierre II, *et vous pouvez être assurés que j'éprouve le plus grand respect pour la sagesse de votre synarchie et de son organisation de l'activité professionnelle par respect dû au mérite des acquis au fil de l'ancienneté.*

Nous fûmes un instant étonnés de ce qu'il compre-

---

[51] *Pacte synarchiste contre la précarité et pour la durabilité*, ouvrage déjà cité, publié chez le même éditeur : K-MDS – Presses de l'Avenir (2017).

nait si bien notre logique, tel un télé-empathe[52]… qui « lirait » – par « télé-empathie » – en nos émotions d'à l'instant, à moins que réfléchissant en accompagnant la réflexion qui venait de se construire logiquement en nos cerveaux, en fin diplomate qu'il était, ainsi qu'en homme de cœur ou… en robot doté d'une saine logique.

Nous l'écoutions attentivement :

— J'ai souhaité la venue de vos enfants, parce que je veux m'entretenir avec eux, en votre présence, et sous la prise de notes de mon secrétaire, car ce qu'ils ont vu et entendu lors de votre séjour sur Mars, concernant ces êtres passant à travers la matière, et pouvant se mouvoir en deux endroits simultanément, laisse entrevoir à l'Église le plus grand des miracles, que vous, Zelda et John-You, tel que vos amis vous nomment, saurez expliquer depuis votre discipline, la physique, et que vous, Dan-Phil, saurez expliquer depuis la vôtre, la neuroconnectique.

Puis le pape Pierre se tourna vers Alex et Tosh :

— Jeunes gens, je sais que vous êtes athées et scientifiques, mais vous avez été visités par ceux que vous appeliez « des fées sans ailes » qui vous parlaient au nom d'êtres venus de loin, que vos étranges visiteurs appelaient « les Habitants ». Pouvez-vous raconter au vieil homme – ou à l'androïde, ou à l'hologramme densifié, selon votre

---

[52] *(Littérature de science-fiction)* « Télé-empathe » est un terme intellectuellement protégé (©) ainsi que toutes les dérivées de « télé-empathie » : mot double (équivalent de « télépathie » puisque désignant une empathie *à distance*) qui fut employé pour la première fois dans la littérature romanesque, par Daniel-Philippe de Sudres, dans son livre *Les enfants de demain ou l'étrange et très secret projet HP1* (2012), réédité sous le titre *Nous en 2200* (2020), chez K-MDS – Presses de l'Avenir.

représentation de qui je suis – que je suis… pour vous, à présent, selon la façon qu'il vous est possible de me considérer, pour m'instruire de ce qu'il en fut et de ce qu'ils vous ont enseigné ?

Après un court instant, Toshiko prit la parole :

— Monsieur, Saint-Père…

— Tu peux dire aussi « Votre Sainteté », lui susurra Alex à voix basse.

— Votre Sainteté, reprit Tosh, *puisque vous paraissez bien connaître notre histoire, je vais vous parler très directement : en effet, pendant ces trois années que nous habitâmes sur Mars, il y a près d'une huitaine d'années, vint cette semaine étrange où nous fûmes visités, d'abord en rêves puis dans « la réalité », par des formes de vie qui se densifièrent devant Alex et moi. Deux d'entre-elles, qui se prénommèrent devant moi Carla et Hilda*[53]*, m'apparurent hors de mon rêve récurrent, passant à travers la matière des objets dans la cellule de notre atterrisseur que j'appelais « ma chambre », de même qu'un* Homo pertinens *se prénommant Arnold*[54] *apparut aussi à Alex, au même moment et dans les mêmes conditions.*

— Vous aviez déclaré, reprit le pape Pierre, *toi et ton ami et frère de cœur Alex, qu'ils passaient à travers la matière mais que la matière ne passait pas à travers eux,*

---

[53] Plus précisément « Carla-Ixtroi-Quatorze » et « Hilda-Ixtroi-Onze », selon le livre de Daniel-Philippe de Sudres *Les enfants de demain ou l'étrange et très secret projet HP1*, retitré *Nous* en 2200.

[54] Plus précisément « Arnold-Ixtroi-Sept », selon *Les enfants de demain ou l'étrange et très secret projet HP1*, renommé *Nous* en 2200.

étant « *d'une chair qui n'était pas de chair* ». *Pouvez-vous, tous d'eux, m'éclairer sur ce fait et, s'il le faut, John-You et Zelda, qui êtes physiciens, pourriez-vous m'éclairer sur tout cela qui, pour moi qui ne suis que théologien, constitue encore un mystère ?*

— *Votre Sainteté*, reprit Tosh, *Alex et moi avons déclaré cela parce que nous avions assistés à des scènes étranges : ils pénétraient dans l'espace comme une sorte de source de chaleur lumineuse qui en courberait la densité…*

— *Comme il en serait si le bord de votre bureau, qui est cubique, devenait soudain sphérique, au moment où quelqu'un de « spécial » s'approcherait de lui*, ajouta Alex.

— *Ou, Très saint Père, tel qu'il en serait si de l'énergie se transformait en matière sous vos yeux*, expliqua John-You.

— *Mes enfants, pardonnez mon ignorance, mais si je connais la célèbre équation d'Albert Einstein, $E = mc^2$, je n'ai jamais su me représenter ce que serait de l'énergie devenant de la matière*, reprit le pape Pierre.

— *Votre Sainteté*, ponctua Alex empli de sa générosité habituelle, *vous avez entendu parler de l'Univers – le nôtre – qui s'expand dans lui-même, et vous avez dû vous demander, mais dans quoi s'expand-il donc ? Nous baignons dans de l'énergie, et notre univers est en expansion dans cette énergie du fait qu'il se transforme, progressivement, en matière, tout en pouvant se retransformer en énergie, entièrement ou par petites « poches », partiellement.*

Le discours d'Alex, jeune élève ingénieur en sciences de la structure, voire celui de Tosh, sa « sœur de cœur », élève ingénieure en sciences de la nature, pouvant paraître complexe aux oreilles du pape Pierre et de son secrétaire,

John-You et Zelda échangèrent un regard complice au terme duquel ils convinrent d'éclairer le non-scientifique.

— Très saint Père, ajouta John-You, *sachez que, depuis cette toute fin des années 2040, nous savons que la physique n'est pas exactement ce qu'elle semble être…*

— Nous avons découvert qu'au moins trois, et peut-être quatre des dimensions enroulées dans l'espace[55], *peuvent se désenrouler sous certaines conditions*, précisa Zelda.

— Il en résulte que le monde que nous percevons, monde de matière, n'est que la projection – en réalité : n'est qu'une projection possible parmi de multiples possibilités – d'une réalité énergétique qui lui est subséquente, en laquelle elle est intriquée, et qui est la seule vraie réalité, avança John-You.

Tandis que je conclus en disant :

— En nous neuroconnectant à cet aspect le plusss réel de la réalité, Votre Sainteté, nous parvenons à ces « prodiges » qui sont, à ce que m'en a dit A., à l'origine de votre souhait de nous rencontrer.

Le pape Pierre en vint alors, très franchement, à l'essentiel de cette rencontre :

---

[55] *(Physique)* « La correspondance AdS/CFT a aussi été appliquée à l'équivalence entre la théorie M dans l'espace produit $AdS_4 \times S^7$ et la théorie quantique des champs à trois dimensions dite théorie des champs superconforme ABJM. Dans cette version de la correspondance, sept des onze dimensions de la théorie « M » sont compactes, laissant quatre dimensions étendues. L'espace-temps de notre univers étant à quatre dimensions, cette version de la correspondance fournit une description plus réaliste de la gravitation » (Source : https://fr.wikipedia.org/wiki/Théorie_M#La_ théorie_des_champs _superconforme_ABJM)

— Mes enfants, je suis ému par la passion qui vous anime, mais mon souhait est d'en savoir plusss sur ce que vous avez appris des Habitants, depuis votre retour sur Terre, car l'information, de source sûre, est venue jusqu'à moi : Alex et Tosh, si vous permettez au vieil homme que je suis de vous prénommer aussi familièrement, je sais qu'ils vous ont à nouveau visité depuis votre retour sur Terre, et je sais que les récentes avancées de plusieurs sciences sont dues à ce qu'ils vous ont enseigné, dont vous avez ouvertement parlé à vos parents respectifs et à ces oncles et tantes que sont devenus pour vous les autres spationautes de la mission spatiale habitée à laquelle vous avez participé. J'ai ainsi appris que les Habitants ont tenu parole et, selon ce qu'ils vous avaient annoncé sur Mars, qu'ils continuent de vous visiter et vous enseignent, lors de leurs visites, « l'énergie et le sens ». Je suis, ainsi que tous les évêques de notre Sainte Mère l'Église, réunis il y a quelques jours en un concile extraordinaire, convaincus qu'ils vous ont transmis la clé de ce Paradis qui nous est promis, à nous chrétiens, mais aussi aux juifs et aux musulmans et à tous les humains justes et bons, ainsi que, si je lis correctement leurs textes canoniques, aux bouddhistes[56], notamment. Je vous prie, jeunes gens, de me dire ce qu'ils vous ont dit.

Il y eut une longue seconde de silence pendant laquelle les enfants, du haut de leurs vingt-et-un et vingt-deux ans, interrogèrent John-You, Zelda et moi-même du regard, et après laquelle, cette dernière se tourna vers eux en disant :

— Vous pouvez le lui dire !

---

[56] *(Théologie)* Il s'agit du « Paradis occidental » dit « de la Grande Béatitude » qui se rapporte à la libération de la roue de la réincarnation (cause de souffrances, vieillesse et mort) pour atteindre le non-attachement (ou désidentification) appelé « *nir…vāna* » et décrit dans le bouddhisme initial.

8

En quel dieu « croient » donc ces athées de jedhumains ?
– la réalité de l'*Énergie*

« De nombreux obstacles se situent plus au niveau de l'imagination que de l'intellect. « Dans quoi l'univers s'étend-il ? » ; « Où en est le centre ? » ; « Comment un univers infini pourrait-il être en expansion ? » ; « Qu'est-ce qu'il y avait avant ? » Il est normal que dans un domaine aussi éloigné de notre monde habituel, l'imagination ne soit pas toujours à l'aise. Elle doit s'adapter à de nouvelles échelles, à des notions géométriques différentes (…). Le champ de l'intellect est plus vaste que celui de l'imagination. On peut comprendre ce qu'on ne peut imaginer. »

Hubert Reeves[57]

— *Un grand « merci » à vous, mes chers enfants,* reprit le pape Pierre. *Toutefois, avant cela, je souhaite que vous répondiez à une question qui brûle en le théologien que je suis : vous, jedhumains, vous dites athées. Pourtant, vous évoquez « l'Énergie » qui vous guide, vous relie et expliquerait comment vous « aimantez », jusqu'à vous, ceux et celles qui, progressivement, vous rejoignent pour étudier avec vous la connectique neuronale, jusqu'à devenir vos futurs compagnons en tant que nouveaux jedhumains. Expliquez-moi comment conciliez-vous ces antagonismes : que vous ont donc enseigné les Habitants, par l'intercession des « pertinens » qui vous ont visité, et, en définitive, quel est donc votre « dieu » ?*

Alors Alexandrej prit son souffle et commença ainsi :

---

[57] Hubert Reeves, *Dernières nouvelles du cosmos*, « Préface », Seuil, Paris, 1995, rééd. augm. 2014.

— Votre Sainteté, plusieurs fois en effet, depuis notre retour sur Terre, ceux que, dans nos mots d'enfants d'alors, nous avions décrits telles des « fées sans ailes » – qui nous précisèrent être membres de l'espèce humaine qui, darwiniennement, nous succèdera : Homo pertinens *– sont revenus nous visiter, Tosh et moi, en se projetant devant nous comme les premières fois*[58]. *Une nuit, où ils furent ainsi près de nous, Tosh demanda à Hilda quels étaient les attributs de l'Énergie qui, d'après ce qu'elle nous disait, relie tout ce qui s'y connecte, dans cet univers d'où la forme de vie que nous sommes émerge.*

— Hilda, *poursuivit* Tosh, *m'apprit que l'Énergie est ce qui relie les « cordes membranaires » structurant cet univers à la vie qui est dedans, de telle sorte que, pour simplifier, lorsque je veux – sincèrement, désespérément – qu'un fait advienne, dès que la connexion est établie, il advient.*

— C'était il y près de quatre ans, en 2044, Carla, qui accompagnait Hilda, comme à chaque visite qu'elle nous rendait, ainsi qu'Arnold, repris Alex, *nous en donna immédiatement un exemple saillant : j'étais grippé depuis deux jours, toussant fort, elle s'approcha de moi et me dit : « Crois-tu en moi ? ». Sans pleinement comprendre le sens de sa question, je lui répondis : « Oui ! ». Alors, elle se plaça devant moi et me regarda longuement dans les yeux, d'abord silencieusement, puis ensuite en me disant : « depuis mes neurones miroir, je vais demander à ton ADN de solliciter l'ADN mitochondrial de tes cellules, depuis la coenzyme NAD*[59] *travaillant tel un neurotransmetteur intracellulaire, et ma bonne santé va devenir ta bonne santé. Et il en sera ainsi par voie neuroconnectique puis épigénétique ». Je compris ces mots que j'entendais souvent*

---

[58] Aux chapitres 9 et 17 de *Nous en 2030* (De Sudres, 2016).

[59] *(Biochimie)* Pour mémoire : nicotinamide adénine dinucléotide.

prononcer par Ladis, Kath et Danphil, mais je n'en compris pas le sens global depuis un raisonnement. Il me fut alors donné, à cet instant-là, de le comprendre intuitivement, clairement, assurément.

— *Quelques minutes plus tard,* compléta Taoshié, *le nez de mon frère*[60] *ne coulait plus, ses tremblements avaient cessé, la grippe l'avait surprenamment très rapidement quitté.*

Le pape Pierre II plaça sa main grande ouverte devant lui, en signe de demande de parole, tandis qu'il paraissait, à son regard, interpellé. Toshiko se tut pour l'écouter :

— *Mon enfant, comment expliques-tu cela, sinon par la Volonté de Dieu ?*

— *Votre Sainteté,* reprit Tosh, *nous étions des pré-adolescents*[61]. *Aussi, depuis nos regards d'enfants, ils nous apparurent comme étant, eux, nos trois amis Homo per-tinens, dans l'âge adulescent*[62] *qui est le nôtre maintenant. Toutefois, et nous en avons parlé souvent avec John-You,*

---

[60] D'après le tome 1 du livre *Nous* (*Nous en 2030*, De Sudres, 2016), nous savons qu'Alex et Tosh ne sont pas biologiquement frère et sœur. Pourtant, suite à trois années passées sur Mars – quand ils étaient âgés de onze à quatorze ans et de douze à quinze ans, ces deux enfants se considèrent psychologiquement comme frère et sœur. Ce que nous comprenons humainement fort bien…

[61] La préadolescence se situe entre l'âge de dix ans et l'âge de treize ans.

[62] « Adulescent », terme formé du préfixe « adu », de « adulte », et du suffixe « lescent », de « adolescent », désigne l'âge suivant l'adolescence (pour rappel : l'adolescence va de la puberté à l'adulescence), soit de vingt-deux à trente-deux ans approximativement.

Mom[63] *et aussi Yoep et Tchao*[64] *: l'univers dans lequel nous existons, comme nous l'a expliqué un soir Arnold, selon ce que les Habitants leur avaient enseigné, est partie intégrante d'un multivers en lequel aucun dieu anthropique*[65] *n'est nécessaire, puisque le multivers fonctionne seul, depuis des lois mathématiques qui fondent le hasard et la nécessité des lois physicochimiques.*

    — Cependant, requestionna l'ecclésiastique, *comment expliquez-vous ce miracle qui vous a rendu votre santé presque instantanément, sans que soit besoin pour vous de recourir à la Volonté divine ?*

    — Votre Sainteté, lui répondit Alex, *comprendra que ce que les Habitants ont enseigné à nos frères et sœurs* pertinens *est que, si je parle votre langage, la seule « volonté divine » existante, dans un multivers régi par les mathématiques, est de nous développer non pas tels d'éternels enfants irresponsables attendant tout d'un Papa-Dieu décidant pour eux, mais tels des adultes individuellement*

---

[63] *(Littérature)* Au chapitre 8 de *Nous en 2030* (De Sudres, 2016), nous apprenons que Taoshié appelle différemment ses deux mamans (qui sont homosexuelles) : elle appelle « Mum », Kath, et « Mom », Zelda.

[64] *(Littérature)* Deux autres spationautes (ingénieur et ingénieure électro-photoniciens de la mission spatiale) dans *Nous en 2030*.

[65] *(Épistémologie, Heuristique)* Lire la définition du « principe anthropique » (https://fr.wikipedia. org/wiki/Principe_anthropique) : « Si la quantité de matière dans l'univers (les milliards d'autres galaxies et cette « matière noire » dont nous ignorons la nature exacte) était différente, la force d'inertie sur Terre serait modifiée et la vie impossible. Ainsi l'Homme n'apparaît plus comme perdu sur une planète insignifiante au milieu de l'univers : le reste du cosmos lui est indispensable ; la nature du Soleil est tout à fait surprenante par rapport à celle des autres étoiles : sa composition, la variation de sa luminosité, son orbite galactique sont inhabituelles. Si la nature du Soleil avait été différente, la vie aurait été impossible ». De cette juxtaposition d'heureux hasards, certains tirent qu'un « Dieu » aurait créé tout notre univers pour produire l'humain.

responsables de nous-mêmes[66].

— *Des adultes individuellement responsables de nous-mêmes*, ajouta immédiatement Tosh, *assumant les décisions qui émanent de l'unité de notre conscience, lorsque, à la place d'un neurofonctionnement automatique, schizoïde, notre conscience la plus neuroconnectée émerge en s'éveillant depuis la connectivité neurogliale réunissant nos sensations, nos émotions et nos réflexions, ainsi que nos cogitations, nos motivations et nos actions.*

— *Car, Votre Sainteté le reconnaîtra*, reprit Alex, *comme vous le souligne ma sœur, croire qu'un « Dieu » pense pour vous et décide à votre place, non seulement vous irresponsabilise, mais vous prive de toute démocratie : vous n'êtes alors qu'un serf au service de ce « Dieu » anthropique.*

Après un instant de réflexion, le pape Pierre revint à son propos :

— *Mes enfants, mon cœur entend votre raison qui tient de haut sa sagesse. Cependant, puisque vous travaillez*

---

[66] *(Épistémologie, Heuristique, Mathématique)* De la juxtaposition d'heureux hasards évoquée dans la note précédente, certains tirent qu'un « Dieu » aurait créé tout notre univers pour produire l'humain. Or, hors d'une si ridicule vanité de primates infatués, Daniel-Philippe de Sudres nous invite à réfléchir qu'au sein du multivers, parmi des milliards d'univers grandement différents les uns des autres, il est statistiquement normal qu'apparaissent une fois, et même cent et cent mille fois des conditions telles que nous les connaissons, produisant une évolution telle que nous la connaissons avec des humains *sapiens* tels que nous. La loi des grands nombres, en calcul des probabilités, invite sérieusement à remplacer le mythe de « Dieu » par un « Dieu » bien plus réel, bien plus étonnant que toutes nos rêvasseries limitées de grands singes nous permettent de les envisager, un « Dieu » irreprésentable à nos minuscules cerveaux quoique s'exprimant (et nous exprimant sa « pensée » qui est la mathématique) par un langage accessible à notre intelligence : les mathématiques : un « Dieu » qui n'en est pas un, un processus mathématique régissant les univers.

à vous neuroconnecter, et donc à interconnecter vos « neurosystèmes cérébraux » afin de vous désautomatiser, vous reconnaissez que notre humanité est irresponsable.

— Elle l'est, Votre Sainteté, lui répondit Alex, *tant que nous demeurons à ne neurofonctionner qu'au stade I de veille, le stade automatique. Heureusement, dès que nous parvenons à prendre conscience de notre état, en d'autres termes dès que nous atteignons le stade II de veille, stade auto-observateur, nous prenons contact avec l'Énergie, car nous sommes alors comme « désespérés » de constater que nous ne sommes que de ridicules pauvres machines.*

— Pourtant, mes enfants, ce que vous me décrivez là, dans votre langage d'aujourd'hui, est très proche d'une vision augustinienne de Dieu : ce que vous nommez « l'Énergie » cohère tout dans le multivers, éloigne les incompatibles et attire les semblables par une providentialité qui dépasse les distances…

— Oui, Votre Sainteté, reprit Tosh, *l'Énergie est dotée des attributs de votre « Dieu », mais les Habitants nous ont révélé que dans chaque instant où nous nous rappelons nous-mêmes, autrui et ce monde, nous sommes en connexion aussi avec l'Énergie, laquelle ne décide pas pour nous, mais nous montre l'harmonie la plus juste que nous pouvons suivre ou refuser de suivre.*

— Car, Votre Sainteté le reconnaîtra, reprit Alex, *il peut exister un côté obscur de l'Énergie ou, plus précisément, de son utilisation par des êtres très réveillés qui, au lieu de s'efforcer de parfaire l'harmonie en participant sciemment à elle, tentent de s'y soustraire pour produire une orientation, une courbure*[67] *de tel ou tel morceau de notre*

---

[67] (*Physique*) D'après l'équation d'Albert Einstein $R_{\mu\nu} = XT_{\mu\nu}$
- où (depuis le tenseur de Ricci et le tenseur "énergie-impulsion") :
R = degré de courbure de l'espace-temps
T = son contenu (= la répartition de matière et d'énergie)
- sachant que plus T grandit, plus R est courbe
→ plus il y a de matière et plus il y a de courbure.

univers, ou d'un autre, habitable, au sein du multivers, allant dans un sens spécifique, brisant la supersymétrie[68]*, brisant l'harmonique des cordes, en ne servant que leur égoïsme.*

Le pape Pierre « le Romain » resta un moment interpellé. Puis il posa cette question aux deux jeunes jedhumains :

— Mes enfants, que vous ont appris vos visiteurs Homo pertinens *qui, vous ayant été révélé par les Habitants, vous donnent une telle foi dans ce que vous appelez « l'Énergie », laquelle produirait des « champs » répondant à vos demandes, vous permettant de guider vous-mêmes vos pas en suivant ses « orientations », quoique ne vous commanderait pas ni n'aurait aucun plan préétabli pour vos existences, respectant vos individualités et ne servant pas une volonté divine déterministe, mais, au contraire, laissant vos volontés libres être activables via des états de conscience très lucides, comme si vous deveniez des expressions vivantes de ce que nous, théologiens, appelons « Dieu », expressions toutefois indépendantes de Lui et cependant participant consciemment et décisionnellement de son harmonie ?*

---

[68] *(Physique)* La supersymétrie est un lien établi entre les bosons (particules de spin entier qui constituent les « forces ») et les fermions (particules de spin demi entier qui composent les « corps ») ; chaque fermion est associé à un « superpartenaire » de spin entier, alors que chaque boson est associé à un « superpartenaire » de spin demi-entier. – bosons et fermions sont des particules disposant de propriétés différentes les unes des autres, quand nous les permutons.

9

Révélation des Habitants, concernant l'enjeu de la guerre qui opposa deux groupes d'extraterriens, sur Terre, en Inde, il y a quelques milliers d'années

« Il existe donc, dans les espaces célestes, des corps obscurs aussi considérables, et peut-être en aussi grand nombre, que les étoiles. Un astre lumineux de même densité que la Terre, dont le diamètre serait deux cent cinquante fois plus grand que celui du Soleil, ne laisserait, en vertu de son attraction, parvenir aucun de ses rayons jusqu'à nous ; il est donc possible que les plus grands corps lumineux de l'univers soient, par cela même, invisibles. »

Pierre-Simon de Laplace[69]

« Contrairement aux historiens qui ne pourront jamais contempler la Rome antique, les astrophysiciens peuvent véritablement voir le passé, et observer les astres tels qu'ils étaient autrefois. Nous voyons la nébuleuse d'Orion telle qu'elle était à la fin de l'Empire romain. Et la galaxie d'Andromède, visible à l'œil nu, est une image vieille de deux millions d'années. Si les habitants d'Andromède regardent en ce moment notre planète, ils la voient avec le même décalage : ils découvrent la Terre des premiers Hommes (…). Le quasar que je vois à douze milliards d'années-lumière n'existe vraisemblablement plus aujourd'hui. »

Hubert Reeves[70]

— *Votre Sainteté sait*, reprit Alex, *qu'en observant l'univers nous étant « visible »   – depuis le fond*

---

[69] Pierre-Simon, comte marquis de Laplace, *Traité de mécanique céleste*, Imprimerie Royale, Paris, 1796, réédition en 1843.

[70] Hubert Reeves *et al.* (= et d'Autres), *La plus belle histoire du monde*, éditions du Seuil, Paris, 1996.

cosmologique de ce même univers, le nôtre –, nous observons le passé. Si des êtres intelligents ont émergé de l'évolution du vivant bien avant nous, soit ils ont disparu, soit ils sont civilisationnellement très avancés par rapport à nous. Les Habitants nous ont révélé, via nos frères et sœurs pertinens – Arnold, Hilda et Carla – qu'il y eut sur Terre, dans la vallée de l'Indus, dans le nord de l'Inde d'alors – formant aujourd'hui le Pakistan –, au temps de la société harappéenne[71], une guerre terrible entre deux formes d'êtres technologiquement très avancés, par rapport à nous, qui étaient des Homo pertinens *provenant de notre univers, utilisant une énergie plus puissante que l'énergie atomique[72] et voyageant dans des vaisseaux aux propriétés décrites comme surprenantes, même par rapport à nos avions furtifs les plus performants.*

— Il s'agissait de vaisseaux armés[73], surfant sur l'air en utilisant le géomagnétisme de la planète, son planéto-magnétisme, continua Tosh ; *ces vaisseaux,* compléta Alex, *exploitant ses effets d'aimantation dus à leur spintronique fondée sur des champs vectoriels pairs de skyrmions[74]*

---

[71] *(Archéologie, Ethnologie, Préhistoire, Histoire des sociétés, Sociologie)* « La civilisation de la vallée de l'Indus (vers 2600 av. J.-C. – vers 1900 av. J.-C.), ou civilisation harappéenne, du nom de la ville antique de Harappa, est une ''civilisation'' de l'Âge du bronze, dont le territoire s'étendait autour de la vallée du fleuve Indus, dans l'ouest du sous-continent indien (le Pakistan moderne et ses alentours). Les raisons de son émergence, de sa prospérité rayonnante durant sept siècles, puis de son déclin brutal, sont mal connues et restent débattues, ainsi que son influence, probable, sur la culture hindoue antique. », Source : https://fr.wikipedia.org/wiki/Civilisation_de_la_vall%C3%A9e_de_l%27Indus

[72] Les textes védiques l'appellent « l'arme de Brama ».

[73] Les textes védiques les appellent « *vimanas* ».

[74] *(Physique)* « Un skyrmion est une superposition quantique de baryons et d'états de résonance, ou plus simplement un vortex ou tourbillon de spin sur une surface, qui peut être créé par la pointe d'un microscope à effet tunnel (…). Les skyrmions sont plus stables, mais aussi moins énergivores que leurs cousins les électrons. ». Source : https://fr.wikipedia.org/wiki/Skyrmion

magnétiques bidirectionnels fonctionnant alternativement tantôt « en hérisson » et tantôt « en spirale ».

— Après qu'ils eussent observé la progression sociétale des chasseurs-cueilleurs, devenus éleveurs puis agriculteurs, depuis des grands singes ayant eux-mêmes évolués en hominidés de plus en plus intelligents, suite à la simple activation naturelle du gène HAR[75]*, jusqu'à donner naissance – darwiniennement –* à Homo sapiens, *les membres d'un des deux groupes avait eu pour projet de transformer les éleveurs-agriculteurs, d'alors, en des esclaves servant tous leurs caprices expérimentaux, notamment de mutations génétiques et de jeux "d'endurance" physicochimiques,* poursuivit Alexandrej.

— Cependant, repris Tosh, *Hilda et Carla nous ont enseigné que d'autres, de cette même espèce d'*Homo pertinens, *décidèrent qu'il en serait autrement, que les* humains sapiens *ne deviendraient pas, pour leurs rivaux, des esclaves servant à des jeux horribles, mais seraient conduits à évoluer jusqu'à les rejoindre, eux humains* pertinens, *tels des fils rejoignant leurs pères, en ayant accès à la science qui permet le progrès, puis la compréhension du monde, depuis ses lois physicochimiques.*

---

[75] *(Génétique)* « Les régions humaines d'accélération de l'évolution (HAR) constituent un ensemble de quarante-neuf (49) segments du génome humain (…). La région HAR2 comprend HACNS1, un gène amplificateur qui peut avoir contribué à l'évolution du pouce humain opposable unique, et peut-être aussi à celle des modifications dans la cheville ou le pied qui permettent à l'Homme de marcher sur deux jambes. » (D'après https:// en.wikipedia.org/wiki/Human_accelerated_regions). Les gènes HAR, gérant les sauts évolutifs au sein du genre humain et expliquant son évolution soudaine par rapport aux autres animaux, expriment une action régulatrice sur quelques groupes de neurones. Ses séquences régulatrices semblent elles-mêmes dépendre non pas du seul déterminisme de gènes régulateurs, ni du seul indéterminisme des lois physicochimiques qui paraissent parfois être transcendées, mais de leur influence aléatoire conjuguée au prototype même du vivant, une cellule se différenciant et renforçant sa différenciation d'avec d'autres cellules selon l'organe qu'elles façonnent. (D'après Daniel-Philippe de Sudres : *Neuro-connectique : bases neurales,* 2012).

Aux deux bidécagénaires, le pape Pierre adressa un signe de la main – ouverte, paume en avant, doigts écartés, placée loin devant lui au-dessus de sa tête – les invitant à se taire. S'en suivi un long silence qu'il rompit en disant :

— Vous ai-je bien compris, mes enfants : il y eut donc un combat, jadis, sur Terre, entre deux formes de ce que, dans la théologie, nous appellerions des démons et des anges, les uns voulant que nous soyons leurs jouets, et les autres voulant nous conduire à devenir leurs semblables en nous éduquant grâce à la science ?

— Oui, Votre Sainteté, convint Taoshié, *nos frères et sœurs* pertinens *– Arnold, Hilda et Carla – nous ont enseigné que, tandis que ceux qui nous voulaient réduire en esclavage gagnaient cette guerre sur les autres, nos protecteurs, voici qu'une série de « brèches » eut lieu en plusieurs lieux, absorbant, dans l'espace-temps, les vaisseaux des ennemis de notre possible évolution qui, effrayés quittèrent Terre. Ces « brèches » n'étaient pas le fruit d'un hasard, mais résultaient de la volonté d'une forme d'intelligence encore plus évoluée que celles des* pertinens *: il s'agissait d'êtres unifiés entre eux, vivant dans l'univers à cinq dimensions « croisant » le nôtre et n'ayant pas forme, ni humaine ni autre, parce qu'étant telle de l'énergie de quarks « qui vont par cinq*[76] *», tel que nous l'ont enseigné nos frères et sœurs* pertinens.

— Vous écoutant, mes enfants, reprit le théologien, j'en déduis que le Déluge et que Moïse lui-même vous ont été enseignés par ces êtres qui vous ont contactés, notre Sainte Mère l'Église étant probablement parmi ce qu'ils vous ont annoncé…

---

[76] Lire ou relire *Les enfants de demain ou le très étrange et très secret projet Hp1* (2012), réédité sous le titre *Nous en 2200* (2020).

— *Oui et non, Votre Sainteté*, reprit Tosh, *Hilda et Carla, de même qu'Arnold, nous ont exposé que l'Alliance réalisée par les* pertinens, *qui furent et sont nos protecteurs, est actuellement en son achèvement et va être remplacée par une Nouvelle Alliance où l'humain* sapiens *va non plus rencontrer une divinité, mais devenir semblable à cette « divinité », devant alors fournir l'effort de se hisser jusqu'à la connaissance de cet univers dont il a émergé, et ceci grâce à une arme redoutable qu'est le savoir des lois régissant cet univers 3-brane*[77] *duquel nous émergeons : la science, arme de la démocratie qui assure la liberté aux groupes humains et le respect de sa dignité à tout individu, et qui permet à l'humain terrien de n'être plus assujetissable par un quelconque clergé de maîtres, parce que chaque individu devient le propre maître de sa destinée, devenant responsable de ses actes.*

— *Car,* poursuivit Alex, *celui et celle qui ignorent le tableau périodique des éléments chimiques, qui ignorent le fonctionnement des atomes et en leurs sein des quarks et des gluons, et qui ignorent les plus simples mathématiques sont, par leur ignorance, « destinés » à servir misérablement ceux qui possèdent ces savoirs.*

— *Obéir à une caste qui posséderait un savoir sans le partager est donc contraire à notre philosophie parce que, d'abord, polémologiquement et donc sociopolitiquement, dangereux,* reprit Tosh : *les Habitants nous ont révélé, par nos amis, qu'ils sont intervenus pour mettre fin à une guerre*

---

[77] *(Astrophysique)* « Dans la théorie des cordes, une brane, ou p-brane, est un objet étendu, dynamique, possédant une énergie sous forme de tension sur son volume d'univers, qui est une charge-source pour certaines interactions, de la même façon qu'une particule chargée, tel l'électron par exemple, est une source pour l'interaction électro-magnétique. Dans le langage des branes, une particule chargée est appelée une 0-brane (0 dimension spatiale et 1 dimension temporelle). Les branes ont été popularisées par certains modèles cosmologiques, dits branaires, dans lesquels l'univers observable constituerait le volume interne d'une brane (une 3-brane pour être précis) vivant dans un espace-temps ayant des dimensions supplémentaires. » ; https://fr.wikipedia.org/wiki/Brane.

dangereuse, étant donné l'arme terrible employée, et qu'ils nous jugent assez matures, à présent, pour entrer en contact directement depuis leur univers, avec ceux et celles, parmi nous, qui fournissent l'effort de chercher à atteindre le stade V de veille.

— *Nos amis nous ont appris que, plusieurs fois,* reprit Alex, *ceux d'entre les* pertinens *visitant notre Terre qui furent et sont toujours nos protecteurs, durant ce qui constitue notre Histoire, à nous humains* sapiens, *durent combattre leurs ennemis, dont l'objectif demeurait continuellement de transformer les grands singes terriens que nous sommes, en leurs divertissements.*

— *Il est juste un siècle,* continua Tosh, *leurs ennemis réussirent presque à détruire la prise de conscience de chaque individu, à imposer un chef unique qu'ils contrôlaient, et à transformer l'humanité en une organisation hiérarchisée d'humains « robotisés », puisque privés de leur conscience de soi individuelle, irresponsables de leurs actes, s'en remettant à l'échelon au-dessus d'eux, lui-même s'en remettant au-dessus de lui, générant une haine schizoïde où l'individu ignore l'Autre devant lui, le considérant tel un objet, telle une pierre, et le torturant sans même entendre ses cris déchirants, car ayant perdu jusqu'à sa plus tendre humanité, ayant comme désactivés leurs neurones miroirs au niveau des processus de la neurocontagion émotionnelle*[78].

Il y eut un silence, le visage du pape Pierre II s'était assombri, empli de profondeur et d'un visible chagrin.

— *Ainsi, mes enfants,* reprit-il : *pour vous, depuis ce que vous ont enseigné les Habitants, ce que, en tant que théologien, j'appelle « Dieu », souhaite que nous étudions la science pour Le connaître et nous approcher de Lui.*

---

[78] *(Histoire)* Référence évidente au régime national-socialiste.

— *Oui, Votre Sainteté*, lui répondit Alex, *entendez-le selon votre conception du monde : les sciences sont notre ressource pour comprendre les lois de l'univers duquel nous émergeons. Si les quatre interactions physicochimiques régissant cet univers-là étaient proportionnées autrement qu'elles le sont, nous n'existerions pas, ou pas sous l'aspect humain qui est le nôtre à présent.*

— *N'est-ce donc pas ici, mes enfants*, reprit le pape Pierre II : *la preuve qu'il est bien un Dieu tout puissant ayant voulu notre apparition, en produisant ces quatre interactions physicochimiques et non pas trois ou vingt, et selon le dosage de chacune d'elle, tel que nous le connaissons, et non pas selon un dosage différent ?*

— *Non, Votre Sainteté*, lui dit Taoshié en lui souriant telle une Joconde : *les mathématiques n'ont pas besoin d'un « Dieu » anthropique pour expliquer notre émergence : dans l'immensité des très nombreux univers, au sein du multivers, il est statistiquement normal qu'apparaisse ici et là un univers ayant les propriétés de donner naissance à de la vie biologique, telle celle de laquelle nous sommes composés, nous, humains sapiens, depuis la chimie du carbone et des bases azotées.*

— *J'entends bien votre propos, mes enfants*, reprit le pape Pierre : *mais alors, comment vos amis* pertinens *Arnold, Hilda et Carla, si vous les avez questionné sur cela, vous ont-ils expliqué des faits aussi étranges que ce que nous, théologiens, appelons « des miracles », tel celui survenu en 1917, au Portugal, dans le village de Fatima — où plus de trente mille spectateurs, venus là pour assister à un « message divin » que trois enfants leur avaient annoncé depuis plusieurs mois, certains de ces spectateurs étant croyants et d'autres venant ici pour démontrer qu'il s'agissait d'une supercherie — purent observer un phénomène inexplicable par notre science actuelle : après une pluie battante obligeant ces gens à piétiner dans de grosses flaques d'eau* et de boue, le Soleil parut se rapprocher et l'air froid et humide devint en quelques minutes chaud et sec, tant et si bien que la boue durcit et que l'eau s'évapora, ce qui aurait demandé une telle énergie, vous êtes plusieurs spécialistes de physique ici, à présent, pour en convenir avec moi, que les gens auraient dû griller sur place ou, pour les plus éloignés, souffrir ensuite de graves cancers de la peau. Quant au fait que ces milliers de témoins, comme certains l'ont filmé, regardaient ce disque solaire s'approchant effrayamment d'eux avant de s'en éloigner, auraient dû avoir leur rétine brûlée ; or, aucun d'eux ne fut aveugle après ce phénomène.

Cette fois, les jeunes gens marquèrent un instant de pause, se regardèrent, s'échangèrent même un sourire, puis, Alex adressa un geste de sa main à Tosh qui alors répondit :

— *Votre Sainteté saura que oui, Alex et moi posâmes la question aux Habitants qui nous répondirent par les bouches d'Arnold, Carla et Hilda. Ils ne nous parlèrent pas de « danse du Soleil », notre étoile étant demeurée immobile ce jour-là. Ils ne nous parlèrent pas non plus de supercherie ou d'hypnose collective.*

— *Ils nous parlèrent,* poursuivit Alexandrej, *de ces cordes membranaires qui vibrent et produisent toute notre réalité physique, et ce qu'ils nous expliquèrent est plus étonnant que toutes les croyances – religieuses ou non – existantes depuis que l'humanité réfléchit sur son sort.*

10

Comment les spationautes, sur Mars, devinrent-ils des jedhumains ?

Exploration des conséquences de la « brèche branaire » ou « singularité astrophysique »

« Malcadena[79] a appliqué la théorie des cordes dans un univers dont la forme diffère de celle du notre, mais qui est, de fait, plus facile à analyser. Mathématiquement, la forme possède une frontière, une surface impénétrable qui entoure complètement son intérieur. En se concentrant sur cette surface, Malcadena a pu montrer de façon convaincante[80] que tout ce qui a lieu dans cet univers spécifique est le reflet de lois et de processus qui se déroulent à sa frontière. »

Brian Greene[81]

Alex prit son souffle.

Cependant, tandis qu'il allait en venir à la question cruciale du souverain pontife, concernant le « miracle de Fatima », ce dernier l'interrompit par ces mots :

---

[79] Juan Martìn Malcadena.

[80] *(Astrophysique [Cosmologie])* « Considérant un trou noir dans un modèle d'espace-temps à cinq dimensions macroscopiques caractérisé par une géométrie dite ''anti de Sitter'', (Malcadena) montra que les détails des phénomènes se déroulant dans cet univers, décrits par la théorie des cordes et incluant donc la gravitation, étaient entièrement codés dans le comportement de certains champs quantiques (non gravitationnels) se déroulant sur la frontière quadridimensionnelle de cet univers. » Réf. : https://blogs.futura-sciences.com/luminet/2016/09/13/lunivers-holographique-4-conjecture-de-maldacena/

[81] Brian Greene, *La réalité cachée*, chapitre 9, « Trous noirs et hologrammes – Le multi-univers holographiques », Flammarion, Paris, 2017.

— Avant cela, mes enfants, instruisez-moi de ce que mon cœur brûle de savoir à propos de vous : comment vous vinrent ces propriétés vous permettant de produire ce que vous refusez d'appeler « des miracles », quoique ces phénomènes défient « l'ancienne science », la science, comme vous le dites, « d'avant la brèche branaire[82] » que vous autres, scientifiques, appelez aussi « la singularité astrophysique[83] » ?

Zelda, John-You, les enfants et moi-même nous regardâmes, comme mus par le besoin de nous retrouver, de retrouver ces moments si précieux, si étranges, qui nous avaient, pour toujours, réunis, tels les fruits d'une « mutation » de l'espèce humaine sapienne.

Alex, l'intrépide, osa rompre ce silence et dit :

— Tout commença, Votre Sainteté, lorsque ma petite sœur sentit les effets délétères de sa privation de « molécules d'augmentation ». Les mois avaient passé, nous étions accoutumés à notre existence martienne et tenions encore à la vie grâce à de la dopamine et à de la sérotonine – avec une dérivée contenant de la psilocybine –

---

[82] Pour rappel, dans *Nous en 2030*, chapitre 9, Hilda, une *Homo pertinens* annonça à Toshiko : « Ceux qui traversent les vibrations du multivers depuis l'univers à quatre dimensions d'espace et à deux dimensions de temps qui avoisine le nôtre, nous ont donné l'Énergie et le sens, et nous vous apporterons bientôt aussi l'Énergie et le sens, dès les premiers jours que vous serez à nouveau sur Terre ».

[83] *(Philosophie des sciences)* « L'histoire des Hommes a connu d'autres points singuliers, d'autres ''concours de circonstances'' d'où s'ensuivit une évolution irréversible, ce que Monod appelait un *choix* : orientation non nécessaire, semble-t-il, avant qu'elle soit prise, mais qui pourtant amène une transformation inexorable du monde où elle a lieu. », Ilya Prigogine et Isabelle Stengers, « Introduction », p.33, *La nouvelle alliance*, Éditions Gallimard, Paris, 1979, réed. 1986, se référant au livre *Le hasard et la nécessité*, de Jacques Monod (pp. 141-143).

que nous absorbions quotidiennement sous la forme d'un cocktail nous assurant notre joie de vivre journalière, malgré le dramatique isolement que nous vivions[84].

Taoshié, courageuse comme à son ordinaire, depuis ces événements qui avaient métamorphosé sa personnalité, prit à son tour la parole.

Et elle l'a pris en ces termes :

— *Votre Sainteté comprendra avec douceur que la préadolescente que j'étais alors*[85] *eut très peur, dans une frayeur indescriptible, lorsque le stock de ces molécules « d'augmentation cognitive », me servant à rester concentrée, attentive et capable de tout très bien mémoriser, que j'appelais mes « pilules dopaminées dopant l'attention » fut vidé, et qu'il me fallut comprendre que je devrais, désormais, tirer ma force de vie, quotidienne, de moi seule.*

— *Vous connaissez bien la suite de notre histoire,* enchaîna Alex *: notre entrainement de neuroconnecticiens pour réussir à produire, nous-mêmes, depuis nos cerveaux, ces molécules, puis la visite des « X-troi » : Arnold, Carla et Hilda.*

— *Puis fut ce rêve qui nous vint à tous,* poursuivi

---

[84] *(Littérature)* Pour rappel, dans *Nous en 2030*, les spationautes devaient rester un mois en mission spatiale sur Mars. Mais, suite à un semblant de sabotage, ils durent y rester trois ans qu'ils vécurent, suite à diverses avaries climatiques, sans plus aucun contact avec la Terre, étant plongés dans une extrême solitude.

[85] *(Littérature)* Pour rappel, dans *Nous en 2030*, Toshiko était âgée de onze ans lorsqu'elle s'envola pour Mars en 2038.

Tosh, *jusqu'à ce que nous comprîmes qu'il était la manifestation de l'intelligence contenue en nos cerveaux, dont les champs intuito-déductifs logiques*[86] *en étaient arrivés à laisser s'exprimer, en ces cerveaux et par cette intelligence à la fois individuelle et collective, l'espèce humaine qui sera notre descendante darwinienne,* Homo pertinens*. Ainsi, ce rêve collectif nous donna accès aux Habitants qui se révélèrent à nous, ainsi, par les « X-troi »…*

— *Puis il y eut « la brèche branaire », au plein sens du terme,* lança Alex en relayant généreusement sa sœur : *les X-troi,* via *trois d'entre eux – Arnold, Carla et Hilda – se manifestèrent à nous et nous apprirent qu'ils avaient acquis, depuis l'enseignement leur ayant été prodigué par les Habitants*[87], *le pouvoir de traverser « notre » matière parce que leur densité ne dépend pas de la chimie du carbone, mais d'une chimie de l'hydrogène probabilisant*[88] *une organisation non protonique – et donc non baryonique*[89] *– des quarks de*

---

[86] *(Neuroconnectique)* La notion de champs intuito-déductifs logiques est exposée dans divers textes de Daniel-Philippe de Sudres et de ses collaborateurs. Consulter notamment, de Serge Lescaroux, Magda Carneci et Tanguy de Rocheprise (†), *Neuroconnectique: mini-dictionnaire*, Editions Universitaires Européennes, Saarbrücken, 2012.

[87] *(Littérature de science-fiction)* Dans la saga de *Nous* (*Nous en 2200, Nous en 2030, Nous en 2050*), depuis le livre *Les enfants de demain ou le très étrange et très secret projet Hp1* (2012) retitré *Nous en 2200* (2020), par « les Habitants » il faut entendre, tels qu'ils se nommèrent aux *Homo pertinens* ayant colonisé Europe et Titan (= les « X-troi »), les habitants de l'univers à quatre dimensions d'espace et une (convertible en deux) de temps, « croisant » nôtre univers, qui visitèrent les *pertinens* sur Titan et Europe dans ce que sera « notre » futur, dans les années 2200.

[88] Et donc le permettant… selon certaines probabilités.

[89] *(Physique)* De spin demi-entier (1/2, 3/2, 5/2…) le classant dans la catégorie des fermions, « Un baryon est, en physique des particules, une catégorie de particule composite (c'est-à-dire non élémentaire) formée de trois quarks, dont les représentants les plus connus sont le proton et le neutron », d'après https://fr.wikipedia. org/wiki/Baryon.

polyvalence[90].

— *Puis nous revînmes sur Terre, reprit Tosh, mais « la brèche branaire » est restée ouverte pour nous…*

Un silence vint aux deux bidécagénaires, que John-You remplit généreusement en disant :

— *Vous vous souvenez, très saint Père, la grande pandémie du virus A-H1N1-8 qui, rappelant par sa vitesse de propagation, son ancêtre sino-amérétasunienne de 1918[91], obligea, pendant plusieurs trimestres, au cours de l'année 2044, la plupart d'entre nous à vivre confinés à des zones in… hospitalières de décontamination.*

— *Bien sûr que je m'en souviens, mon fils !*

— *Alors vous avez pu suivre les actualités et apprendre que des successions de « petits miracles » eurent lieu là où nous, jedhumains, étions…*

— *Oui, mon fils, je l'appris !*

— *Ce que vous ignorez,* poursuivit John-You, *est que nous fûmes nous aussi, au début, contaminés…*

— *Ma compagne, Ann-Kathlyn,* intervint Zelda, *fut la première touchée : brûlante de fièvre, ne parvenant plus à bouger ses muscles qui se raidissaient parfois pendant plusieurs dizaines de secondes, la gorge en feu au gré de*

---

[90] *(Littérature de science-fiction, Physique spéculative)* Dans la saga *Nous* (*Nous en 2200, Nous en 2030, Nous en 2050*) Daniel-Philippe de Sudres nous présente ingénieusement des quarks qui sont observés ne fonctionnant pas toujours « en valence », trois par trois, selon la structure normale des hadrons, mais pouvant fonctionner en « polyvalence », notamment en séries de cinq quarks formant un « fluide » et non pas un composite de type proton ou neutron.

[91] *(Sémiologie linguistique et médicale)* Longtemps appelée, par erreur, « grippe espagnole ».

toux exténuantes, le tout suivi de gonflements formant des rougeurs assaisonnées de vomissements et de diarrhées la transformant en une sorte de bête sanguinolente et pleurant. Les jours qui suivirent, devant la souffrance et la fatigue engendrée par cette souffrance, son système immunitaire devint impuissant. Nous étions tous inquiets pour elle. Les semaines qui suivirent, nous tombâmes un à un, pareillement malades. Ingrid[92] et Ladis[93] s'en désespérèrent, parce qu'au fil des semaines aucune molécule, à notre disposition, n'était efficace pour en atténuer l'épidémie. L'Organisation mondiale de la santé recommandait de rester entre contaminés, confinés chez soi ou, mieux, en des espaces hospitaliers adaptés.

— Vous sourirez, très saint Père, poursuivit John-You, mais lorsque Ladis lui-même contracta des rougeurs gonflant ses mains, et que Tosh et Alex commencèrent à tousser alors que nous n'avions initialement détecté aucun virus de type grippal chez eux, nous commençâmes à prier… l'Univers – notre univers –, de nous venir en aide.

— Vous étiez en train de prier Dieu, mon fils…

— Nous n'étions pas en train de prier un « Dieu », quel qu'il fut, affirma Zelda, *car nous avions été préparés, notamment par Danphil et les membres de son équipe, lors de l'entrainement des spationautes, pendant cinq ans, puis pendant notre séjour de trois ans sur Mars, à rester « nous-mêmes », malgré un drame tel que celui que nous traversions en cette année 2044.*

— J'avais, pour ma part, poursuivis-je afin d'appuyer les propos de mes amis, *récité le « Notre Père » appris dans mon enfance, mais selon cette variante mienne : « Oh Uni-*

---

[92] Pour rappel, dans le livre *Nous en 2030*, nous apprenons qu'Ingrid est la médecin-biologiste de la mission spatiale.

[93] Pour rappel, dans le livre *Nous en 2030*, nous apprenons que Ladislas est le neurobiochimiste de la mission spatiale.

vers, mon Père, oh Père chéri, dont je crie le nom et tout l'amour qu'il contient, toi dont nous émergeons, sauve-nous pour que nous puissions te servir en servant la Vie ».

— Moi-même, reprit Zelda, *j'avais repris une prière juive de ma première jeunesse, que je tenais de ma mère, avant de prier aussi, comme me l'avait naguère enseigné mon père, les dieux du Walhalla qui correspondent, étonnamment, à plusieurs des ordres d'anges décrits dans le Zohar...*

— Ce fut un amusement dans notre malheur, Votre Sainteté, élargit Alex : *à force d'entendre Danphil, puis Ingrid, France, Ladis, John-You et d'autres répéter : « Père chéri, sauve-nous ! », il y eut cette réflexion de Nour qui se joignit à la prière : « Pour moi comme pour vous tous, notre univers, comme probablement tous les univers du multivers, est indifférent à nous, modestes formes de vie émergeant par hasard et nécessité de réactions chimiques, mais... »*

Ce fut Zelda qui, lui prenant la parole, osa parler du « miracle », en disant :

— *Dans les mois qui suivirent notre retour sur Terre, un jour que Kath souffrait très intensément, Tosh nous narra avoir appelé, en compagnie d'Alex, afin de leur en parler, ses amies Carla et Hilda, lesquelles lui apparurent comme sur Mars, en jaillissant de ce qui nous semble n'être que de l'air, du vide, rien, mais qui est un plein ensemble de dimensions enroulées désenroulables... Les enfants, sur recommandation des X-troi, utilisèrent nos casques à électrodes pour organiser nos cerveaux dans une même polarité, selon une « médecine » que leurs amies* pertinens *avaient employées sur Europe, dans « notre »... futur.*

— Il s'agit simplement de spintronique. Intervint Alex.

— *Puis,* reprit Toshiko, *nous commençâmes, comme*

Carla et Hilda me l'avaient montré, à cohérer nos groupes neuronaux jusqu'à ce que toutes nos synapses déchargent comme une seule synapse, géante, au même moment.

    — *Carla et Hilda, ainsi qu'Arnold, qui nous apparut à son tour, passant à travers nos meubles,* intervint Alex, *nous expliquèrent comment procéder, en nous précisant que les Habitants n'avaient pas besoin de ces subterfuges parce que, dans l'univers voisin du nôtre, ce que nous appelons « des maladies » n'existe pas et ne peut pas exister, parce que les fonctions réparatrices, en génétique, y sont plus actives que les fonctions destructrices, notamment apopto-tiques.*

    — *Serait-ce ce que l'on appelle de la « médecine quantique » ?,* nous interrogea le théologien.

    — *La « médecine quantique » n'existe pas, très saint Père,* lui répondit John-You : *il s'agit d'une terminologie employée par d'habiles petits commerçants essayant de vendre de la « poudre de perlimpinpin » à des naïfs !*

    — *Que votre Sainteté comprenne,* ajoutais-je : *nous sommes constitués de cellules. Une cellule est composée de grosses molécules que l'on appelle des protéines. Celles-ci peuvent se structurer diversement et modifier notre fonc-tionnement cellulaire.*

    — *Mais,* réintervint John-You : *à plus petite échelle – au niveau des atomes composant ces macromolécules, voire au niveau des protons composant ces atomes, ou des quarks composant ces protons – rien n'influence la cellule…*

    — *Je vais,* réintervins-je, *vous conter une histoire. Un humain voulait construire une maison avec des briques qu'il devrait assembler et « coller » les unes aux autres. Voilà qu'un habile commerçant lui proposa de construire sa maison avec non pas des briques, mais avec ce qui, fondamentalement, est à l'origine d'une brique : du sable. L'habile commerçant expliqua à l'humain qui voulait cons-truire une maison, que des grains de sable étant infiniment plus petits qu'une brique, l'édifice construit en sable serait beaucoup plus fondamental, durable et solide qu'un édifice construit en briques. Cependant, cet humain avait déjà bâti, dans sa petite enfance, des châteaux de sable, et il savait donc qu'au moindre vent, à la moindre pluie, sa maison, construite non pas avec des briques mais avec le composant brut, non structuré en « briques », de celles-ci, que l'on appelle du sable, s'effondrerait. Il refusa donc. En vérité, n'a-t-il pas eu raison ? Il en est de même de notre construction biochimique : elle est fondée sur des « briques » fondamentales. Si vous essayez (via une soi-disant « médecine quantique ») de construire ou de réparer un corps biologique – votre corps, par exemple – comme si vous vouliez construire ou réparer une maison avec du "sable" (comprenons : avec des particules élémentaires situées dans des atomes qui, eux-mêmes, constituent des molécules) ce « sable » étant un matériau qui est à l'échelle en dessous de la « brique » (et donc la molécule composant tel ou tel médicament), vous ne construirez rien, vous ne réparerez rien, vous détruirez tout et vous serez simplement insensé.*

11

Révélation des Habitants, concernant le désenroulement des cinquième à huitième dimensions

Explication du surprenant « miracle de Fatima »

(13 octobre 1917) et d'autres « phénomènes »

« *Les découvertes scientifiques, même celles qui, à un moment donné, apparaissent les plus avancées, ésotériques et difficiles à comprendre, sont dénuées de signification hors de leur contexte culturel.* »

Erwin Schrödinger[94]

« *(...) l'inutilité du recours au surnaturel, c'est de décrire un monde sans dieu ni norme, un monde où l'Homme est libre et n'a à attendre de châtiment ou de récompense d'aucun ordre, divin ou naturel.* »

Ilya Prigogine et Isabelle Stengers[95]

« *Mais accepter la possibilité de telles évolutions antithermodynamiques, même rares, même exceptionnelles (...), c'est mettre en cause la formulation du second principe* (de la thermodynamique) *: il existe des cas où, par exemple, une différence de température pourrait se produire "spontanément".* »

Ilya Prigogine et Isabelle Stengers[96]

---

[94] Erwin Schrödinger, article publié dans *The British Journal for the Philosophy of Science*, vol. 3, pp. 109-110, 1952.

[95] Ilya Prigogine et Isabelle Stengers, *La nouvelle alliance*, chapitre II, « L'identification du réel », p. 107, Éditions Gallimard, Paris, 1979, 1986.

[96] Ilya Prigogine et Isabelle Stengers, *La nouvelle alliance*, chapitre VII, « Le heur des doctrines », volet 2, « Dynamique et thermodynamique : deux mondes séparés », p. 279, Éditions Gallimard, Paris, 1979.

*« Il existe deux modèles de cordes : les brins et les boucles (…).
Les cordes peuvent-elles s'échapper des branes ? La réponse est : une
boucle le peut, pas un brin ! »*

Brian Greene[97]

Revenant à l'essentiel de ses préoccupations, le pape Pierre II, nous ayant invité au silence de son geste de la main, se recueillit un long instant, puis nous dit :

— Mes enfants, je sais que vous, jedhumains, êtes athées. Et pourtant, vous avez une foi tellement plus forte que bien des croyants… J'ai bien mémorisé tes paroles, jeune Alexandrej, lorsque tu m'as parlé des Habitants et de « ces cordes membranaires qui vibrent et produisent toute notre réalité physique » qui concrétisent ce qu'intuitèrent toutes les croyances – religieuses ou non – existantes depuis que l'humanité réfléchit sur son sort. Je vous prie de m'éclairer quant à la question qui me préoccupe, portant sur le miracle de Fatima, car je comprends bien vos explications d'un univers, le nôtre, qui en « croiserait » un autre, plus complexe que lui. J'avais lu sur vous, Alexandrej et Toshiko, qui aviez été témoins, sur Mars, de la visite d'êtres ou, du moins, de formes d'intelligences capables de pénétrer dans notre « monde » alors que nous ne savons pas pénétrer le leur. Mais mon cœur s'émeut et se réjouit, inénarrablement, à l'idée de comprendre comment, d'après ce qu'ils vous ont récemment enseigné, nous pourrions atteindre leur « monde ». Parce que, pour l'évêque du Christ que je suis, il m'est clair que cet univers à cinq dimensions que vous me décrivez est ce que nous, théologiens, appelons « le Paradis », et il m'est clair aussi que le Jugement dernier qui nous est annoncé ne sera pas le fait d'un juge au sens où

---

[97] Brian Greene, *La réalité cachée*, chapitre 5, « Dimensions supplémentaires – Les multi-univers de branes et les multi-univers cycliques », éditions Flammarion, Paris, 2017.

81

nous l'avions entendu, mais sera le fruit du fait que ceux qui ne croient pas en cet autre univers resteront prisonniers de l'enfer – d'accidents, de maladies, de vieillesse et de mort – de celui-ci ; que ceux qui en ac-ceptent l'idée uniquement intellectuellement en resteront aussi prisonniers ; alors que ceux qui, comme vous, seront prêts à décisionnellement neuroconnecter tout en eux – sensations, actions, émotions, motivations, réflexions et cogitations – pourront entrer dedans cette autre réalité avoisinant la nôtre, et y demeurer. Mais maintenant, mes enfants, mes jeunes enfants, vous qui avez été choisis pour ce contact, vous qui savez comment passer dans cet autre univers, enseignez-moi, enseignez tous ceux qui ont foi en vous, afin que, progressivement, tous les êtres qui souffrent puissent vivre avec vous la grande aventure de « changer de matière ».

Alex, alors visiblement et audiblement ému jusque dans son regard et dans sa voix, en revint donc à la question initiale du souverain pontife. Il commença ainsi :

— Votre Sainteté, notre langage sera cru parce que nous n'avons pas vos mots et parlons simplement de ce que les sciences nous enseignent. En effet, comme vous le savez, nos frères et sœurs pertinens *nous ont visités et enseignés. Mais ce que vous ignorez est la plus grande révélation qu'ils nous ont offerte.*

— Là, vous nous voyez, et sans le moindre doute, de la façon la plus naturelle, continua Tosh, vous pouvez affirmer qu'Alex et moi sommes dotés d'une hauteur, d'une largeur, d'une profondeur, ainsi que d'un temps s'espaçant entre le moment où nous existons devant vous et le moment où la rétine de vos yeux perçoit la lumière, et donc les photons qui vous permettent de recevoir puis d'interpréter notre image. Supposez, poursuivit Tosh, qu'Alex et moi puisions nous mouvoir à une vitesse tellement grande que

nous nous levions, courrions sur votre gauche, poussions de dix centimètres votre fauteuil à roues, puis revenions à notre place : vous seriez convaincu du fait que votre fauteuil ait roulé tout seul.

— *Très saint Père*, intervint John-You, *je tiens ici à développer le propos de Taoshié. Jusqu'à ces années 2040, les tentatives d'explications, concernant de telles bizarreries, étaient toutes autres que ce que, par l'intermédiaire de Tosh et d'Alex, nous savons aujourd'hui. Le fait que votre fauteuil ait roulé seul eût été interprété de diverses façons, toutes dans l'erreur. L'explication la plus vraisemblable, nous étant accessible maintenant, tire sa substance de la physique des plasmas qui, depuis ces dernières années, réalise des progrès bondissants : Alex et Tosh vous en parleront mieux que moi, puisqu'ils sont étudiants et apprennent, dans une grande école, depuis les sciences de l'ingénieur, les toutes dernières découvertes en ce domaine, lesquelles touchent tant la physique que la biologie.*

— *Oui, Votre Sainteté*, reprit Alex, *l'exemple choisi par Tosh est très évocateur : notre étoile locale, Soleil, est très chaude, mais elle est composée de particules stricte-ment définies. Par contre, les dernières découvertes – de ces années 2040 – auxquelles se réfère John-You et qui sont corroborées par ce que nous ont révélé les Habitants, par l'entremise de nos amis* Homo pertinens *Arnold, Carla et Hilda, nous montrent que là, à quelques millimètres de nous et de chaque objet autour de nous, comme l'anticipait la théorie des cordes et sa variante supersymétrique[98], existe l'équivalent d'une fine pellicule membranaire qui n'appartient pas à notre univers, mais à l'univers à cinq dimensions qui le « croise ».*

---

[98] *(Astrophysique)* La théorie des supercordes.

— Et, en termes de physique des plasmas, compléta John-You, *cette fine particule est dotée des propriétés de cet univers-là, lequel est plus complexe que le nôtre et dispose de plusss de lois physicochimiques que lui ; ces lois lui permettant notamment de « croiser » le nôtre sans produire, aux points branaires d'intersection – points de friction jaillissant aux bordures (formant la frontière) des deux univers –, le réchauffement attendu depuis la physique à laquelle nous sommes habitués, réchauffement qui produirait une chaleur pour nous brûlante et, en cela, effrayante. Parmi les lois physicochimiques définissant cet univers 4-brane – et, donc, à quatre dimensions d'espace et à une variable (en deux) de temps – qui « croise » le nôtre, il nous est aujourd'hui clair que les particules y existent d'une manière refroidissable à tout instant, mais ceci non réellement, mais potentiellement, c'est-à-dire non pas ordinairement mais possiblement, à tout moment, selon des conditions spécifiques telles que, pour illustration, son « croisement » avec un univers moins brané, tel que le nôtre.*

— Ainsi, ajouta Zelda, *cet autre univers, qui « touche » le nôtre, fonctionne comme aux tous premiers instants du Big Bang*[99] *(qui engendra nôtre univers à quatre dimensions) : protons et neutrons, au cœur de ses atomes, se fondent en un fluide réunissant les quarks et les gluons qui les composent, constituant une uniformité de « matière » formant une phase fluide dite « plasma quarks-gluons ».*

— A cela s'ajoute, Votre Sainteté, reprit Toshiko, *que de récentes découvertes, en biochimie, nous permettent de comprendre que ces usines miniatures, au-dedans de chacune de nos cellules, que l'on appelle « des mitochondries »*

---

[99] *(Astrophysique)* La physique des cordes postule que, lorsque deux branes viennent à se toucher, leur échange d'énergie est tellement colossal qu'il produit un Big Bang. D'après ce que nous lisons dans le présent livre, les « points de croisement » entre l'univers 4-brane qui « croise » le nôtre, et le nôtre, produisent une multitude de « micro-big bangs ».

– lesquelles produisent l'énergie cellulaire nous permettant de fonctionner[100] –, nous montrent que notre corps peut produire de fortes températures, à de très petites échelles, qui seraient en mesure de nous relier directement à l'univers 4-brane, entendons : à l'univers à cinq dimensions en lequel nous « baignons » puisqu'il « croise » le nôtre.

— Permettez-moi de vous préciser, très saint Père, reprit John-You, *depuis ce que viennent de vous exposer Tosh et Alex, que si notre univers – en tant qu'il est un univers 3-brane – est composé de trois dimensions d'espace et d'une de temps, l'univers voisin, dont nous savons depuis peu qu'il « croise » le nôtre, est, lui, un univers 4-brane composé de quatre dimensions d'espace (une dimension de plusss que pour nous) et une de temps qui en vaut deux puisque ce « temps » y est variable, selon qu'on se trouve dans cet univers ou « au bord » de celui-ci.*

Le pape Pierre leva la main. Il réfléchissait, méditant, et approfondissant. Puis il questionna :

— Voulez-vous me dire, mes enfants, que dans cet univers qui « croise » le nôtre, le temps ne s'écoule pas toujours à la même vitesse qu'ici, pour nous, notamment à

---

[100] *(Biochimie)* Depuis l'hydrolyse de l'adénosine triphosphate (ATP) en adénosine diphosphate (ADP). Les mitochondries sont des organites cellulaires dont l'ensemble constitue le chondriome, et qui sont impliqués dans les conversions énergétiques résultant de la respiration cellulaire. Au cours de ce phénomène, l'énergie libérée par l'oxydation des substrats organiques est mise en réserve sous forme d'un composé à potentiel énergétique élevé, l'ATP, par phosphorylation de l'ADP. La phosphorylation est couplée à l'oxydation, le phénomène est donc décrit sous le nom de phosphorylation oxydative. L'énergie des électrons à haut potentiel de transfert permet de pomper des protons hors de la matrice mitochondriale vers l'espace intermembranaire. Il s'établit un gradient de concentration de protons à travers la membrane interne, lequel génère un gradient électrochimique suffisant pour actionner l'ATP synthase, une enzyme capable de phosphoryler l'ADP en ATP grâce à l'énergie emmagasinée dans ce gradient électrochimique. On appelle phosphorylation oxydative l'ensemble formé par la chaîne respiratoire et l'ATP synthase couplés par gradient électrochimique. D'après le Wiki.

l'interférence entre ces deux univers, laquelle a lieu à quelques millimètres de « toute chose », et donc de chacun d'entre nous, sachant que des phénomènes y ont lieu à de grandes vitesses, et qu'ils nous échappent ainsi totalement ?

— Permettez-moi de préciser à Votre Sainteté, reprit Alex, que la très grande vitesse, qui s'approche de celle de la lumière, pouvant déplacer un objet dans cet univers 4-brane « collé » au nôtre, produit de la chaleur conformément aux lois de la thermodynamique que nous connaissons dans notre univers, qui est un univers 3-brane ; ainsi, ici : si je frotte un objet très vite, il se réchauffe. Cependant, depuis nos plus récentes découvertes, nous avons compris que cet autre univers ne fonctionne pas selon ce principe de la thermodynamique tel que nous le connaissons : si, dans cet univers 4-brane, je frotte un objet très vite, il produit de la chaleur, comme dans notre univers 3-brane – puisqu'il y a mouvement et même friction entre deux corps : cet objet qui est un corps et mon corps qui le frotte –, mais cette chaleur n'est pas forcément « chaude » au sens où nous, êtres vivants issus de la chimie du carbone, qui habitons dans un univers 3-brane, le comprenons.

— En fait, reprit John-You, elle est « chaude », mais elle se refroidit quasi instantanément depuis une loi de la thermodynamique qui n'existe pas dans notre univers, mais qui existe dans cet univers-ci.

— Et qui existe aussi « dans » le nôtre, ou, du moins, qui apparaît manifestement chez nous, dans notre univers 3-brane, pour un temps donné, temps qui est immensément court en général, à cause du désenroulement d'une seule dimension supplémentaire, mais qui peut durer pendant un temps « conséquent », à notre échelle – des minutes, des heures, des jours –, comme dans le cas du « miracle » de Fatima, lorsque trois dimensions supplémentaires sont *désenroulées au même moment*, compléta Zelda.

Le pape Pierre joignit ses mains devant son visage, cachant alors son nez et sa bouche, comme pour réunir tout ce qu'il venait d'entendre en s'empêchant de parler et, presque, de respirer.

— *Ainsi, mes enfants*, lâcha-t-il finalement : *je peux enfin comprendre, depuis vos propos et d'une façon cohérente, ce miracle qui interpella tant de gens et qui, parce qu'il fut photographié et filmé, est resté un mystère jusqu'à vos très récentes découvertes. Ainsi, l'air froid et humide du petit village portugais de Fatima et de ses environs put devenir chaud et sec, en quelques minutes, depuis une source de chaleur inconnue de la science, chaleur paradoxalement très intense et, pourtant, ne brûlant personne...*

— *Oui*, très saint Père, détailla John-You, *dans notre univers, depuis les lois physicochimiques qui le bâtissent, ceci est impossible ; mais, dans l'univers plus complexe voisin, il est possible de réchauffer un corps rapidement sans le brûler.*

— *Prenez une pizza que vous voulez réchauffer*, intervint amusamment Zelda : *si vous la mettez au four à deux-cent-cinquante degrés pendant huit minutes, elle sera carbonisée, alors que si vous la laissez vingt-cinq minutes à cent-trente degrés, elle sera moelleuse et donc délicieuse.*

— *Conceptualisez*, ajouta Alexandrej, *que vous puissiez modifier l'écoulement du temps de telle sorte qu'en huit minutes s'écoulent « l'équivalent » de vingt-cinq minutes.*

— *Que huit minutes*, peaufina John-You, *le temps que mettent les quanta de lumières, les photons, pour parvenir de notre étoile locale, Soleil, jusqu'à nous, sur Terre[101], tout en étant huit de nos minutes habituelles, contiennent une expansion du temps – en fait, de l'espace-temps – leur permettant de contenir l'équivalent – en calme durée – de vingt-cinq minutes…*

— *Alors, en huit minutes, la pizza sera non pas carbonisée, mais délicieuse*, acheva, un large sourire aux lèvres, Zelda.

— *Une question demeure toutefois pour moi, mes enfants*, insista l'étonnant pape : *vous m'avez dit que le Soleil n'a, en réalité, pas bougé lors du miracle de Fatima. Pourtant, j'ai visionné l'un des films pris ce 13 juillet 1917[102] : il semble vraiment s'approcher des spectateurs, et ce très rapidement ! Qu'en est-il pour vous, physiciens ?*

— *Très saint Père, ce n'est pas notre étoile qui s'est rapprochée du petit village portugais*, osa John-You, *c'est la densité de l'équivalent de notre étoile dans l'univers voisin qui s'est « polarisée » avec la nôtre jusqu'à se projeter dans le nôtre et nous paraître telle.*

---

[101] *(Astronomie)* Effectivement, la distance du Soleil à la Terre étant de cent-cinquante millions (150 000 000) de kilomètres, sachant que la vitesse de déplacement de la lumière est de trois-cent mille (300 000) kilomètres par secondes, il faut huit minutes aux photons de notre étoile pour parvenir jusqu'à nous. Si le Soleil s'éteignait, nous serions privés de sa lumière huit minutes après son extinction.

[102] *(Histoire, Théologie, Psychologie, Physique, Zététique)* Le miracle de Fatima (Portugal, 13 juillet 1917) fut observé, expérimenté, photographié et même filmé par plusieurs dizaines de milliers de témoins apparaissant dans ce film :
https://www.delitdimages.org/les-photos-du-miracle-fatima/
Les tentatives d'explications (hors références à la physique des cordes ou/et à la physique des plasmas ou/et à la relativité générale) n'aboutissent à rien de cohérent. Par exemple, une hallucination collective ne transforme pas des vêtements trempés par une terrible averse, en des vêtements secs, presque instantanément !
https://www.youtube.com/watch?v=-0pFhyxn1vk

— *Mais, mon fils, comment une telle « projection »
serait-elle possible ?*

— *A la frontière entre deux univers*, lui répondit John-
You, *comme c'est notre cas, le principe mécanique qui régit
la relation entre ces deux univers, sachant que les univers
ne peuvent – selon les mathématiques régissant la physique des cordes – coexister que par des variantes dimen-
sionnelles de niveau 1 – où un univers à trois dimensions
d'espace est forcément voisin d'un univers à quatre dimensions d'espace*[103] *–, est le principe dit « holographique ».*

— *Des « morceaux », de la « réalité » de l'univers
voisin du nôtre, pénètrent le nôtre*, ajouta Alex, *de telle sorte
que les lois physicochimiques de ces deux « mondes » se
juxtaposent, sachant que les lois les plus complexes
l'emportent toujours sur les plus simples, pendant un temps
plus ou moins long selon l'« acceptation » des unes (les
complexes) par l'univers des autres (les simples).*

— *Cependant, mes enfants, si j'ai bien compris la
théorie de la relativité qui explique ce que vous, astrophysiciens, appelez « le modèle standard »*, reprit le pape
Pierre, *les masses s'attirent, dans l'espace-temps, la gravité
régit donc notre monde de façon telle que des lois « plus
complexes », dont vous me parlez, devraient ne pas nous
apparaître, puisque tout phénomène échappant à « nos »
lois physicochimiques devrait être « corrigé » par l'effet
gravitationnel.*

— *En effet, Votre Sainteté*, lui répondit Alex dont le
souffle, par son ralentissement d'un instant, exprima son

---

[103] *(Astrophysique [Cosmologie])* La formule s'énonce aussi – quoique
moins clairement – ainsi : « A tout univers à trois dimensions d'espace
est forcément associé au moins un univers voisin à quatre dimensions
d'espace, formant une bulle-monde à son côté, laquelle peut, depuis une
structure riemannienne, se déformer jusqu'à l'envelopper, ou encore se
juxtaposer à elle selon une architecture, embrassant ses formes de façon
compacte, apparentée au Calabi-Yau ».

admiration pour le non-physicien comprenant si clairement l'astrophysique : *dans notre univers, et logiquement dans tous les univers, puisqu'il s'agit de principes mathématiques, lesquels régissent assurément tout le multivers, les lois internes l'emportent sur les lois externes[104] lorsque celles-ci n'en sont que des expansions à quelques exposants : il faudrait que l'exposant déterminant une loi externe soit immense, entendez que la gravité d'un univers autre que le nôtre soit des milliards de milliards de milliards de fois plus forte que celle pouvant exister dans le nôtre, même contenue dans une tête d'épingle, pour que les lois physicochimiques les plus complexes puissent l'emporter sur les lois les plus simples.*

— *Il devrait en être ainsi,* poursuivit Zelda, *et nous devrions ignorer totalement jusqu'à l'existence de l'univers plus complexe qui « croise » le nôtre, parce que la gravité du nôtre, à notre échelle du moins, paraît telle que Newton l'a décrite. Pourtant, les phénomènes que nous observons sont le résultat de ce « croisement » des deux univers qui met en*

---

[104] *(Mathématique)* « En mathématiques, et plus précisément en algèbre générale, étant donné deux ensembles E et F, une loi de composition (ou loi tout court) sur E est soit une application de $F \times E$ dans E, soit une application de $E \times F$ dans E. Autrement dit, c'est une opération binaire pour laquelle l'ensemble E est stable. On distingue deux types de loi de composition :

- si F = E, on parle de loi de composition interne ;
- si F ≠ E, on parle de loi de composition externe.

(…) Les lois de composition externes (parfois appelées « lois externes ») sont des applications de $F \times E \to E$. Elles servent elles aussi à définir les structures algébriques étudiées en algèbre générale. Mais contrairement à une loi de composition interne, une loi de composition externe fait intervenir des éléments de l'extérieur, appelés *opérateurs* ou *scalaires*. Une loi de composition externe peut donc être vue comme une opération de F sur E. On dit alors que « F opère sur E ». (… par exemple –en rapport avec la distributivité à droite d'un univers 4-brane sur un univers 3-brane dans ce roman :) Pour tout K-espace vectoriel E, la multiplication d'un vecteur par un scalaire est une loi de $K \times E$ dans E. » D'après https:// fr.wikipedia.org/ wiki/Loi_de_composition.

évidence la suprématie du plus complexe sur le plus simple.

— Il en est ainsi, très saint Père, compléta John-You, parce que nous savons, depuis quatre ans, que la réalité en laquelle nous existons, dans notre univers 3-brane, est explicable par une réflexion reliant la théorie des super-cordes et celle de la gravité quantique à boucle.

— Prenez l'image de deux masses, deux corps mas-sifs voguant dans notre univers, notre étoile locale, Soleil, et notre planète, Terre, par exemple, revint Zelda, et consi-dérez-les à une très petite échelle : non pas depuis leurs atomes, ni depuis les protons et les neutrons composant les noyaux de ces atomes, non plus depuis les quarks formant ces protons et ces neutrons, mais depuis les « cordes » vibrantes formant ces quarks. Ne vous représentez pas deux boules qui s'attirent mutuellement, avec l'une plus attirante que l'autre, mais songez à une sorte de tapisserie, un tapis, un kilim[105] qui serait posé à plat dans l'air et serait déformé par le « poids », en fait la masse, de l'un et de l'autre de ces deux corps. Pensez maintenant qu'aux extrémités de ce tapis immensément petit, démultiplié — en des milliards de milliards de milliards… de tels minuscules tapis — tant de fois qu'il paraisse immensément grand, sont des brins de tissus (de ses minuscules tapis) partant dans le vide, comme tous les brins de tapis formant nos tapis ordinaires. Et songez que, parfois, selon des séries mathématiques

---

[105] *(Artisanat)* « La trame est visible et constitue le velours. Les kilims sont donc uniquement faits de fil de chaîne et de fil de trame (voir fabrication d'un tapis persan). Deux fils forment la trame : le premier est utilisé pour le décor du tapis et le second est destiné à consolider le tapis. Le fil servant au décor est enroulé au point de chaînette autour de deux fils de chaîne. Le dessin du kilim, de par sa méthode de fabrication, est plus rudimentaire que sur les tapis noués. Bien que fabriqué sans poils, le kilim est très résistant du fait de la double trame qui donne un tissage serré. », d'après le Wiki.

stables, un brin assez long sorte de l'extrémité d'un tapis[106] *et revienne dedans, en formant une boucle.*

— La gravité, très saint Père, reprit John-You, à cette échelle infiniment petite, dite « quantique », prend deux « directions », deux « formes » possibles[107]. *Lorsque la tapisserie se termine par des brins, les « cordes » sont « ouvertes » et elles restent prisonnières de leur membrane : là où sont de telles cordes, l'univers voisin au nôtre, même s'il est beaucoup plus complexe que le nôtre, ne peut pas « diffuser » sa complexité, j'entends : ne peut pas « diffuser » ses lois physicochimiques dans le nôtre, puisque « notre » gravité domine le système. Par contre, là où la tapisserie se termine par des boucles (qui sont des brins se retournant sur eux-mêmes et réentrant dans la tapisserie), les « cordes » sont « fermées » et elles peuvent s'échapper de leur membrane : là où sont de telles cordes, l'univers voisin au nôtre, même s'il est tout juste un peu plus complexe que le nôtre, peut « diffuser » sa complexité, j'entends ses lois physicochimiques, dans le nôtre.*

---

[106] *(Artisanat d'art, Symbolique cosmologique)* Sachant que, d'un tapis : « la base ou chaîne est constituée d'un seul fil continu résistant, une fois ourdi sur le métier à tisser est utilisé par paires, sélectionnées l'une après l'autre par le tapissier au cours du tissage » et que, pour un tapis de velours : « sur chaque paire de fils de chaîne, avec un fil de laine ou de soie à plusieurs brins, on réalise un nœud. Les brins libres, ou poils, forment le velours. Ces nœuds sont posés un à un sur le même rang puis rang après rang », d'après le Wiki.

[107] *(Astrophysique [Cosmologie])* Les contributions de « Joe » Polchinski à la physique des D-brane ont été le déclencheur principal de la deuxième révolution des cordes et de la physique des dualités holographique jauge-gravité. Après avoir co-découvert les D-branes en 1989, son travail de 1995 a conjecturé et partiellement démontré l'équivalence entre les D-branes et les p-brane noires. La dualité entre ces objets a été bientôt comprise telle une démonstration de l'holographie, dans laquelle une théorie de la gravitation quantique (les p-branes noires) est équivalente à une théorie de plus faibles dimensions sans gravité (les D-branes), tel que l'a a démontré Maldacena plus tard. D'après https://en.wikipedia.org/wiki/ Joseph_Polchinski

— *Et en clair ?*, sollicita A.

— *En clair*, revint Alex : *dans notre univers, le tableau périodique des éléments chimiques a des lacunes, dans un univers plus complexe, il peut être composé de beaucoup plus d'éléments : un quart en plusss, voire le double, le triple du nôtre.*

— *En d'autres termes*, revint Zelda : *les cordes possédant une faible énergie – comprenons : celles qui vibrent (depuis leur spin) « lentement » – possèdent une faible masse et, par conséquent, ne répondent que faiblement à la gravitation. La gravitation*[108] *est transmise d'espaces en espaces par les cordes fermées, comme vous en parlait John-You : là où la tapisserie se termine par des boucles. Pour aller plus loin, nous savons que plus on empile de branes, plus leur champ gravitationnel collectif s'accroît*[109].

— *Ce qui signifie*, reprit John-You : *que l'univers 4-brane qui « croise » notre univers 3-brane est plus « dense », plus « gravite » que le nôtre. Ce qui a deux implications physiques directes. D'une part, il est plus « chaud », il dispose d'une agitation moléculaire, atomique*

---

[108] *(Philosophie des sciences, Neurobiologie [Neurophysiologie, Neuroconnectique], Physique [Astrophysique])* Contrairement à une impression première « intuitive », la gravitation n'est pas une force qui s'exerce entre les objets. Quand « ça » pense en nous qu'un objet « tombe », en supposant qu'il est attiré par la grosse masse de notre planète, Terre, nous commettons une erreur de jugement parce que notre conceptualisation est trop petite. Depuis une conceptualisation plus vaste de notre réalité, il nous apparaît que la Terre déforme l'espace-temps dans son voisinage, de telle sorte que les objets que nous voyons « tomber », en fait, vont en ligne droite en suivant « un toboggan dans un espace-temps déformé », selon une image proposée par Etienne Klein. La gravitation est, par conséquent, une déformation de l'espace-temps induite par les objets qui sont présents dans celui-ci, et par l'énergie qu'il contient.

[109] Nous le savons grâce aux travaux de recherche de physique théorique réalisés par Juan Martin Maldacena et ses collaborateurs.

autant que subatomique plus intense que le nôtre, tout en étant, paradoxalement[110], non pas mieux organisé, mais mieux organisable, selon des variations de temps dépendantes d'un « autre temps », temps « autre » que son temps « ordinaire[111] » s'activant en ses extrémités, en ses boucles, au moment notamment de ses « collisions », de ses « croisements » avec d'autres univers. D'autre part, cette « chaleur organisée » lui permet de produire, comme vous l'a soufflé Alex, des matériaux qui n'existent pas et qui ordinairement ne peuvent pas exister dans notre univers, mais qui, là où se produit un frottement entre ces deux univers, quand il se produit, peuvent apparaître chez nous (dans notre univers) et, sous certaines conditions, continuer

---

[110] *(Sciences de l'ingénieur(e), Neurophysiologie)* Notre habitude est celle de l'eau bouillante qui est composée de molécules d'hydrogène très agitées et de la glace qui est composée de molécules d'hydrogène très stabilisées. Pour nous, humains *sapiens* terriens, entendons : pour nous qui sommes les expressions d'une forme de vie intelligente émergeant sur une planète apparue dans un univers 3-brane, régi par le dosage des quatre interactions fondamentales que nous y connaissons, nous représenter, en la conceptualisant clairement, une réalité où le chaud serait organisé, est antinaturel.

[111] *(Mathématique, Physique, Cosmologie, Neurophysiologie)* Cette notion de « temps »… – « qui peut durer pendant un temps « conséquent », à notre échelle », parce qu'« autre que le ''temps'' ordinaire » décrit, il y a quelques pages, telle « une variable (en deux) de temps », « puisque ce « temps » y est variable selon qu'on se trouve dans cet univers ou ''au bord'' de celui-ci » – était déjà présentée par Daniel-Philippe de Sudres dans son roman d'anticipation *Les enfants de demain ou l'étrange et très secret projet Hp1* (2012), retiré *Nous en 2200* (2020). Il s'agit d'une notion de mathématique, appliquée à la physique, évoquant le passage de l'intégrale à l'une de ses possibles dérivées, inspirée de la notion de fluxion. « En mathématiques, ''fluxion'' est le terme utilisé par le mathématicien Isaac Newton pour désigner la vitesse à laquelle une quantité variable (appelée fluente) varie au cours du temps. Cette notion est une alternative à celle des infiniment petits proposée par Gottfried Wilhelm von Leibniz pour traiter le calcul différentiel. Si x désigne une quantité variable, Newton désigne par $\dot{x}$ (x pointé avec le point au-dessus du x) sa fluxion. Le but du calcul différentiel selon Newton consiste en la comparaison des fluxions entre elles et en leur traitement. Si x et y sont deux quantités variables, le quotient $\dot{y}/\dot{x}$ n'est autre que le *dy/dx* de Leibniz, « quotient ultime de deux accroissements évanescents », et correspond, au sens moderne, à la dérivée de la fonction y par rapport à la variable x. »

d'y exister.

Le pape Pierre leva sa main pour nous signifier qu'il avait besoin de se recueillir en lui-même. Puis, après une bonne dizaine de secondes, il nous interrogea :

— Mes enfants : sauriez-vous me donner un exemple de ce que vous essayez de m'expliquer-là ?

— Très saint Père, reprit John-You : *si vous saviez que soit contenu, là, devant vous, à quelques millimètres de vos yeux et se prolongeant de quelques dizaines de centimètres expansibles devant vous, une porte ouvrant sur une dimension apparemment millimétrique, mais qui, lorsque vous l'ouvririez et, de fait, la déploieriez, vous donnerait accès à une immense table recouverte de délicieuses pâtisseries qu'il vous suffirait de prendre, en tendant la main, pour les savourer... Comprenez-vous clairement ce que signifie cet accroissement du champ gravitationnel collectif des trois dimensions d'espace, entendez « des trois branes » composant notre univers ?*

— Voudriez-vous dire, mon fils, réfléchit à haute voix ce pape, *que plus la gravité « gravite », comme vous le disiez, et plus un univers est concentré et peut donc « concentrer » de « grandeur » dans un minuscule espace ?*

— Vous avez tout compris, reprit Zelda : *le croisement de notre univers avec un univers plus « désenroulé » n'est pas une catastrophe comme le pensaient encore les cosmologues du début de ce vingt-et-unième siècle : c'est, au contraire, une chance immense pour nous de nous libérer de notre état de mort, de vieillissement, et même de « pesanteur », dans tous les sens du mot !*

— Ce que vous m'apprenez-là, mes enfants, est fabuleux, déclara le pape Pierre II, *j'en suis émerveillé.*

Néanmoins, pourriez-vous m'éclairer encore sur un détail de vos propos : en cette année 2048, dans l'état actuel des connaissances scientifiques concernant la « théorie M », il devient admissible par le plus grand nombre des physiciens de notre époque que la théorie cosmologique réunissant la théorie des supercordes à divers aspects de théories concurrentes, dont celle de la gravitation quantique à boucle et celle de l'univers bifeuillet[112], notamment, est l'explication mathématique et physique la plus probante de notre réalité, laquelle explique aussi les miracles que nous, théologiens, reconnaissons, par le fait que notre univers est « croisé » par un autre univers doté de plusss de lois physicochimiques que lui. Jusqu'ici, vos propos me sont clairs. Cependant, si physiquement vous, jedhumains, parvenez à entrer dans cet autre univers, plus complexe que le nôtre et qui frôle le nôtre : comment y parvenez-vous, comment pourrais-je, moi, y parvenir aussi ? Et, avant cela, puisque j'ai bien compris que votre méthode, afin d'y parvenir, consiste en le fait de produire un désenroulement de dimensions spatiales discrètes — et une sorte d'accélération d'un temps « extraordinaire » dans notre « temps ordinaire » — tout en modifiant votre mode de fonctionnement neuronal : comment fonctionnent ces « dimensions supplémentaires », en soi et les unes par rapport aux autres — et, notamment, par rapport aux trois dimensions d'espace et à celle de temps qui nous sont familières, dans notre univers « 3-brane » —, et comment parvenez-vous à les activer, si j'ose ce verbe, pour « entrer » dans cet univers-là ?

Après un échange de regards entre nous, jed-humains, et, plus spécifiquement, entre nos trois physiciens (John-You, Zelda et Alex), John-You entama la réponse :

---

[112] *(Cosmologie)* Un pont Einstein-Rosen permet de relier deux feuillets d'espace-temps.

— *Observez, très saint Père, que, lorsque vous tenez en main un document écrit, et en lisez un passage, vous voyez bien ces mots écrits noir sur blanc devant vos yeux : allant de gauche à droite et de haut en bas. Et vous saisissez bien qu'entre leur support (papier, tablette numérique ou neuronanocapteur) et votre neurosystème visuel*[113] *il y a une simple masse de gaz, autrement dit : de l'air.*

— *Et pourtant,* poursuivit Zelda, *vous découvrirez qu'en plus de ces trois dimensions d'espace :*

1) *la largeur : de gauche à droite,*

2) *la hauteur (ou profondeur) : de haut en bas,*

3) *et la longueur :   de loin devant vous jusqu'à tout contre vos yeux,*

... il en existent d'autres qui sont précisément enroulées dans cette apparente « masse de gaz ».

— *Quelles sont-elles ?,* nous demanda Pierre II.

— *Après la quatrième dimension,* reprit Zelda, *qui est la dimension du temps (sous sa forme « habituelle » pour nous), elles sont :*

1) *une cinquième dimension d'espace-temps qui, partout où elle se manifeste, stabilise le système (à trois dimensions d'espace et une de temps) depuis l'unification de la gravitation et de l'électro-*

---

[113] *(Science-Fiction, Prospective)* « Ou, nous dit l'auteur (prospectiviste technobranché) : *si vous utilisez une caméra intégrée dans l'œil, entre cette caméra et votre fovea...* »

magnétisme en une seule force[114] *: elle sert de frein, de « double » de notre univers dans l'univers plus « grand » – entendons : plus complexe – qui « croise » le nôtre ;*

2) *une sixième dimension (composée de l'embryon de cinq dimensions d'espace*[115] *et d'une de temps) qui aurait pour fonction d'activer la connexion entre les cinq premières dimensions et cet espace plus complexe que le nôtre – espace enroulé que nous avons découvert en 2044 – « localisé » dans ce « double » de notre univers inscrit dans la cinquième dimension qui, pour ainsi l'expliciter, nous « colle à la peau » ;*

3) *une septième dimension qui sert à l'enroulement des dimensions supplémentaires : elle nous assurerait de conserver nos lois physicochimiques quoiqu'il arrive, entendons : malgré un nombre de « voyages » – d'une dimension à l'autre – pouvant devenir mathématiquement « un grand nombre » ;*

4) *une huitième dimension qui permet leur désenroulement ;*

5) *tandis qu'une neuvième dimension assure la sta-*

---

[114] *(Astrophysique)* « Nous vivons apparemment dans un univers à 4 dimensions spatio-temporelles. Cette théorie réfute cela : nous vivrions, en fait, dans un univers comportant un nombre plus élevé de dimensions. Au départ, la théorie avançait l'existence de cinq dimensions d'espace-temps. La 5e dimension serait une dimension enroulée en cercle. Cette nouvelle dimension est invisible à nos yeux, sa taille vaut la longueur de Planck, c'est-à-dire 10^{-33} cm. Il nous est impossible de nous mouvoir en elle, vu notre taille énorme en comparaison. » Réf. : https://fr.wikipedia. org/wiki/ Théorie_de_Kaluza-Klein.

[115] *(Physique théorique)* « En physique théorique, une NS5-brane est un objet à cinq dimensions (une p-brane). Elle comporte une charge magnétique en dessous du champ B, le champ en dessous duquel la corde fondamentale est électriquement chargée. » (https://fr.m.wikipedia. org/wiki/NS5-brane).

bilité du désenroulement de ce que nous avons alors déroulé devant nous, pendant un moment suffisamment long[116] – à notre échelle – pour que nous puissions le percevoir depuis cet appareillage humain sapiens, entendons : depuis cette « biopsycho-machine » (corporelle, émotionnelle et motivationnelle, ainsi qu'intellectuelle et qu'intelligemment… conceptuelle) en laquelle nous nous réveillons chaque matin et que chacun(e) de nous appelle « moi ».

— *La dixième dimension est, en soi, cette autre réalité qui englobe la nôtre, parce que notre univers est inclus dans un fragment d'un univers plus vaste que lui, à cinq dimensions. Les lois physicochimiques régissant notre univers sont une partie des lois régissant cet univers plus complexe. Mais une partie seulement… Tout ceci, Votre Sainteté le sait déjà,* acheva Alex, avant de compléter son propos par ces mots :

— *Apparait ensuite une onzième dimension qui est simplement un système d'enroulement fonctionnant sur des mécanismes inhérents à la physique des plasmas, mécanismes encore très étranges pour nous, humains sapiens nés d'un univers 3-brane, mais tout à fait logiques, au sens mathématique du terme, pour les habitants de l'univers 4-brane immédiatement « collé » contre le nôtre, fusionnant avec lui, par certains aspects, au sens même du mot « fusion », en physique nucléaire…*

— *Oui, tu peux le dire, Alex,* ajouta John-You à l'adresse du bidécagénaire ; avant de se tourner à nouveau vers le pape Pierre II, pour lui préciser : *toutefois, sachez-le,*

---

[116] *(Astrophysique)* Ce qui assurerait un tel long moment de désenroulement, serait la mise en symétrie d'une particule et de sa « partenaire » supersymétrique, depuis une équivalence des spins cohérant le système formé par elles deux.

très saint Père, cette onzième dimension peut se désenrou-
ler ou pas, en termes d'espace, selon que nous demeurons
dans un accès limité à la dimension de temps à laquelle
nous sommes habitués, ou selon que nous soyons capables
de nous en libérer pour explorer sa variable, une dimension
de temps dérivée de celle-ci.

— *Ce qui est possible pour nous, humains* sapiens, *sur le plan neurophysiologique,* intervint Taoshié, *lorsque nous neurofonctionnons au stade V de veille, comme Danphil et ses collaborateurs l'ont démontré.*

— *La dimension de temps – la quatrième – est donc, selon que nous habitons dans un univers 3-brane ou dans un univers 4 ou 5-brane, une seule ou bien deux dimensions de temps, auto-ajustables entre-elles, comme vous l'aviez déjà compris,* compléta Zelda.

— *Il en résulte,* reprit Alex, *que les bosons peuvent se transformer en fermions[117], traduisons par extrapolation : que l'énergie peut devenir matière, que l'espace – entre ce que Votre Sainteté regarde : un livre ou une tablette holographique ou mon visage, lorsque je lui parle – peut s'ouvrir de telle sorte qu'en puisse jaillir un objet, en dur,*

---

[117] *(Physique)* Depuis les travaux de Julius Weiss et Bruno Zumino, puis de Pierre Fayet et Jean Iliopoulos, nous savons que les bosons peuvent se transformer en fermions et réciproquement, grâce à une symétrie ouverte dite « supersymétrie ». « Ainsi l'électron, particule chargée, de spin 1/2, doit avoir des superpartenaires de spin 0, appelé sélectrons (ou électrons scalaires), de même charge. Le photon, particule de spin 1, doit avoir un superpartenaire de spin 1/2, appelé photino. Les gluons, particules de spin 1, ont comme superpartenaires les gluions, de spin ½ (…). La supersymétrie exacte implique qu'une particule et son superpartenaire aient la même masse. Or personne n'a jamais détecté de particule de spin 0 ayant la même charge et la même masse que l'électron (…). Si les particules supersymétriques existent, leurs masses doivent être supérieures aux énergies actuelles obtenues dans les collisionneurs de particules. D'un point de vue théorique, la supersymétrie doit être brisée puisqu'une particule du Modèle Standard et son superpartenaire n'ont pas la même masse. Une solution élégante est (…) la brisure explicite (…). » (http://www.diffusion.ens.fr/vip/pagel01.html)

bien réel, semblant sortir du néant mais, en fait, n'en sortant pas, puisqu'en réalité il existe bien réellement, quoique en double, d'une part dans « notre » réalité et, d'autre part, dans une dimension enroulée   – qui en conserve la « copie », présente ou passée –   se désenroulant soudainement…

Le théologien avait à nouveau placé sa main devant lui, offrant à tous à comprendre, par ce signe, qu'il demandait le silence. Un silence qu'après un moment il rompit, en disant :

— Ce que vous m'apprenez-là, mes enfants, m'émerveille. Une hâte, toute puérile, s'empare de ce que vous nommeriez : « quelques neurones miens ». Si tout cela est vrai, nous sommes comme morts, ou, pour le moindre, comme endormis : nous passons à côté de la vraie vie. Or, nous voulons connaître l'éveil à cette vraie vie que nous annoncent les « saintes écritures » des trois religions du Livre, et qu'ici nous touchons du doigt !

Le vieil homme – ou le robot ou l'hologramme, peu importe ce qu'était vraiment ce très sympathique pape Pierre – inspira et expira lentement et bruyamment, nous offrant à entendre qu'il allait chercher loin, en lui-même.

Puis il continua :

— Mes enfants, je me ressens tellement heureux de ce que vous m'apprenez-là, que je souhaite vous partager mon bonheur depuis un aveu. Après avoir étudié la théologie et m'être pensé moine, après avoir été élevé, par mes pairs, au sommet de l'Église, j'étais dans une mission apostolique m'éloignant de ma vocation eucharistique. A présent, grâce

à vous et à ce qu'il vous a été donné de découvrir, je vais réunir en moi ces deux morceaux de moi : être le chef temporel de la chrétienté catholique et redevenir le guide spirituel qui conduit les humains au paradis.

— Quoique, lui précisa Tosh, *vous sachiez qu'il ne s'agit pas là d'un paradis pour « l'âme »… « après la mort », mais d'un « paradis » où l'on entre vivant avec notre biochimie.*

— *Ou, du moins, avec certains de ses constituants,* précisa Alex.

— *Oui, mes enfants, je le sais,* reprit Pierre II. *J'ai bien compris vos propos. Mais l'Église est au bout de son chemin, elle n'a plus rien à apporter à l'humanité et elle pourrait bientôt disparaître à jamais. Or voici que vous, jedhumains, arrivez, gracieusement, en apportant avec vous le plus grand des miracles : l'accès à une vie sans souffrance que tous les espoirs humains et que toutes les religions – chrétienne, mais aussi juive et musulmane, ainsi que védique puis bouddhique, voire taoïste et shintoïste – appellent de leur vœux, que nous nommons « le paradis ». Que nous importe, à nous, évêques du Christ, en pareille situation de fin de la mission de l'Église catholique, si la réalité qui nous vient en ces temps n'est pas comme Pierre l'Apôtre l'avait comprise, mais si elle est à la fois plus éloignée – puisque technoscientifique, provenant de ces molécules exogènes que vous avez appris à produire de façon endogène en vous, jedhumains – et à la fois beaucoup plus proche – étonnamment proche – de ce que Jésus nous a lui-même montré depuis la Cène : car il y a bien, dans ce que vous me présentez, le fait de passer de lois physicochimiques où notre chair elle-même est périssable, à des lois physicochimiques où notre chair est impérissable, et que nous importe qu'il s'agisse de passer de la chimie du carbone à celle de l'hydrogène, l'important pour nous, théologiens catholiques, étant que notre message vive, même par une voie scientifique qui nous étonne encore. Je suis donc prêt, moi Pierre le Romain, à vous suivre. Enseignez-moi comment entrer en contact avec l'univers des Habitants ?*

— Nous entendons votre requête, très saint Père, lui répondit John-You, toutefois, comprenez qu'entrer dans cet autre univers demande une préparation.

— J'en suis convaincu, mon fils et je suis prêt pour découvrir comment entrer dans cette autre réalité.

— Du moins, répliqua Zelda : dans la réalité qui nous est accessible depuis un neurofonctionnement au stade V de veille…

— Enseignez-moi vos stades de veille, mes enfants, au-delà de ce que j'en ai déjà appris.

— Alors commençons par le commencement et progressons, lui-dis-je.

Le visage de l'étrange pape fut habité par des traits progressivement très gracieux.

Le secrétaire pontifical lança une commande numérique, à l'issue de laquelle un robotvalet d'étage vint nous proposer des boissons désaltérantes. Par elles, nous nous rafraichîmes et échangeâmes quelques sourires et quelques paroles défoulantes, avant d'en revenir à notre propos.

12

Où il est possible de dérouler des dimensions supplémentaires

« De nouvelles fonctions, dont la conscience, sont rendues possibles par de nouvelles morphologies, produites par l'évolution et reliées par de nouvelles connexions à des structures cérébrales déjà existantes. »

Gérald Edelman[118]

« L'aptitude à construire une scène consciente en une fraction de seconde est l'aptitude à construire un présent remémoré. (...) un être capable de construire une scène consciente peut avoir une plus grande capacité de discernement et plus de choix pour sélectionner ses réponses comportementales en adaptation à des environnements complexes nouveaux. »

Gérald Edelman[119]

— Vous l'avez compris, mes enfants, nous dit le pape Pierre II, *je ne vous ai pas simplement demandé de venir ici, en la Città del Vaticano, pour vous prier d'y enseigner votre façon de devenir des jedhumains, ni non plus pour m'aider à comprendre ce que, dans mon langage théologique, j'appelle « des miracles » et que vous, scientifiques, commencez à expliquer rationnellement. Je vous ai invité ici pour vous prier de nous établir un contact avec les*

---

[118] Gerald-M. Edelman, p. 232, chapitre 14, « Les niveaux et les boucles » *Biologie de la conscience*, Éditions Odile Jacob, Paris 1992, 2000.

[119] Gerald-M. Edelman, p. 77, chapitre 5, « Les mécanismes de la conscience » *Plus vaste que le ciel - une nouvelle théorie générale du cerveau*, Éditions Odile Jacob, Paris, 2004.

Habitants, parce qu'ils savent où nous pouvons aller, ils sont : notre sens.

Suite à un bref silence où semblait se chercher qui parlerait en premier, Taoshié lui répondit en ces termes :

— *Il est nécessaire, Votre Sainteté, que vous considériez qu'il nous faut vous préparer à ce que vous allez rencontrer, car Alex et moi y fûmes plongés dans l'enfance, et par l'entremise de nos amis pertinens. Nous y avons plongé progressivement nos parents et nos parrains « martiens » qui, grâce à l'étude de la neuroconnectique, ont pu affronter ces bizarreries que sont les dimensions supplémentaires, lesquelles rendraient fou tout individu y étant confronté sans préparation.*

— *Sache, mon enfant, que j'ai suivi pendant cinq ans des travaux dirigés de neuroconnectique fonctionnelle puis relationnelle*, lui répondit le pape Pierre : *je suis donc capable de vivre dans cet état de concentration attentive que vous, neuroconnecticiens, nommez « rappel de mémoire », qui distingue au moins deux sortes d'humanités, et aide la plus endormie à évoluer vers la plus éveillée. Oui, j'observe autour de moi ces « humains » dont les sensations, les réflexions et les émotions (voire même les motivations et les actions) sont purement mécaniques, puisque totalement conditionnées. J'observe cet « humain » sapiens ordinaire qui, tel un « automate réactif », réagit machinalement à n'importe quel stimulus et remue, d'un geste mécanique, les mains ou les pieds ou une jambe ou la tête, qui s'émeut tout aussi automatiquement des émotions que l'existence l'a conditionné à ressentir pour ou contre tel ou tel type d'individus ou de situations, ou qui parle sans s'en rendre compte, tel ou tel mot ou telle idée se pensant ou se construisant soudainement dans son cerveau et se disant tout aussi brusquement par sa bouche. Mais, depuis que vous, « Martiens » avez répandu la bonne parole de votre solitude, à douze, pendant trois ans, sur la planète Mars, sans plus aucun contact avec les autres Terriens, et l'immense présence qui est née en vous durablement de cet état, j'observe à présent un nombre croissant d'individus qui explorent, comme vous en avez donné le modèle, cet état d'un humain sapiens réveillé, conscient de lui-même dans l'instant présent. J'ai lu vos livres, mon cher Dan-Phil – et ceux de vos étudiants[120] –, j'ai suivi les deux premiers cycles de votre cours pratique afin de me « dérobotiser », de me désautomatiser, de me libérer des conditionnements biologiques, psychologiques et sociaux. Et je suis prêt pour aller vers des aventures encore plus passionnantes avec vous jedhumains.*

Toshiko reprit cependant la parole :

— Que Votre Sainteté le sache, cet autre univers, lorsqu'il se révèle à nous, est très déstabilisant.

— Je ne te répondrais pas, mon enfant, que rien ne peut m'effrayer, mais disons que je sais garder conscience de moi-même suffisamment longtemps, et intensément, pour affronter les épreuves de cette initiation que va représenter pour moi la rencontre des Habitants et par conséquent, je l'ai compris, le franchissement de ces dimensions dont vous autres, jedhumains, avez acquis l'expérience et qui mènent à ce que nous, théologiens, appelons « le paradis ».

— Sachez, très saint Père, ajouta John-You, que garder conscience de votre respiration, d'instants en instants, n'est en effet pas suffisant pour affronter des peurs, des inquiétudes, des ignorances. Il vous faut considérer

---

[120] Lire d'Aubry Moret de Rocheprise, Romain Magnena et Mamoun Alaoui, *Neuroconnectique: enseignement destiné aux étudiants de premier cycle et aux chargés de TD*, Éd. Univ. Europ. (2016).

l'entropie, entendons : la dégradation, la désorganisation d'un système.

— L'entropie augmente avec le temps qui s'écoule, lui précisa Alex. *Mais, dès l'instant que ce temps est corrélé à un autre temps, entendons à un autre mode d'écoulement de ce que nous appelons « le temps », plus rapide ou plus lent que celui s'écoulant ordinairement dans l'univers référent, l'entropie du système considéré – ici, notre univers 3-brane en ses lieux et moments (ou ''espace-temps'') de connexion avec l'univers 4-brane qui le « croise » – devient différente, voire, dans certains cas, inexistante.*

— En clair, réévalua Zelda, *cette dimension de temps étant elle-même variable, selon deux modalités d'écoulement de ce que nous appelons « le temps qui passe », vous pouvez vous retrouver, dans l'univers 4-brane nous « croisant », à un moment antérieur à celui duquel vous avez commencé l'expérience de connexion avec l'univers 4-brane : vous entrez maintenant dans la porte dimensionnelle et vous y vivez ce qui avait lieu il y a dix minutes, y passez dix minutes, puis vous revenez « maintenant », comme si juste un instant s'était écoulé.*

Le pape Pierre effectua son geste de la main, devenu pour nous habituel, de demande de silence. Puis il demeura un long instant silencieux, avant de demander :

— Mes enfants, me parleriez-vous de l'« l'effet miroir » ?

— Oui, Votre Sainteté, répondit Alex, *à la façon dont certains astrophysiciens, spécialisés dans ce domaine, nous décrivent le passage d'un univers à un autre par des trous de ver, « l'effet miroir », où chacun peut passer à travers un miroir tout en ressortant par un autre miroir, nous invite à l'expérience de pensée nous présentant un individu trans-*

dimensionnel qui entrant, par la porte, dans une maison, en sortirait par celle d'une demeure voisine, sans avoir eu le temps – depuis notre temps de référence, du moins – d'en traverser les murs... [121]

— Le fait que vous me parliez, avec insistance, de cette modification de l'espace-temps, mes enfants, s'inquiéta le pape Pierre II, *implique-t-il que je doive me préparer à de grandes surprises ?*

— Oui, Votre Sainteté, répondit Alex, *parce que lorsque nous ouvrirons la huitième puis la neuvième dimensions, entendons : celles permettant le désenroulement – puis sa stabilisation – d'une dimension supplémentaire, avant même que vous pénétriez puis que vous soyez dans une portion de brane « au croisement » de nos deux univers, vous pourrez constater cet étonnant décalage temporel.*

Il fut décidé, suite à une discussion conclusive d'organisation entre ce pape et nous, qu'après nous être concentrés pendant trois journées entières, cloitrés dans notre hôtel, nous autres, jedhumains, reviendrions dans la Città del Vaticano, et que nous serions alors dirigés au-dedans d'un petit cabinet pontifical, afin de permettre au viel homme – ou au robot neurofonctionnant tel un vieil homme, ou à l'hologramme paraissant tel – qu'était Pierre II, d'entrer en contact avec l'autre dimension.

---

[121] *(Littérature)* Cette réflexion se retrouve dans le livre de Daniel-Philippe de Sudres, *Le « rêve » d'Audrey, voyage dans la tête d'une enfant surdouée* (1999, 2017).

13

Ebauche d'une « féérie » neurotechno-scientifique

« En effet, d'après les lois de la gravitation, les orbites elliptiques stables ne sont possibles qu'en dimension « trois ». D'autres dimensions autorisent des orbites circulaires, mais ces dernières sont, comme le craignait Newton, instables (…). Dans la même veine, la force de gravitation, entre deux corps, décroîtrait plus rapidement dans un espace de dimension supérieure à trois. »

Stephen Hawking[122]

Après que nous ayons tous pu suffisamment nous reposer et nous concentrer, le grand jour arriva.

Nous fûmes à nouveau réunis au sein du Palatium Apostolicum, par l'entremise généreuse de mon ami A., auquel nous devions un grand « merci » pour avoir organisé ces rencontres, et qui était très heureux d'assister à tout ceci. Cette fois, notre réunion avait lieu à l'étage de la Compagnie de Jésus, dans un salon dont l'unique spécificité est qu'en son centre est placé un tabernacle massif, inusagé, sombre et recouvert de belles marbrures, surmonté d'une splendide croix chrétienne.

Là, auprès du pape Pierre et de son jeune secrétaire particulier, qui étaient assis non plus face à nous mais au milieu de nous, nous fûmes, pendant un petit moment, dans un reposant silence.

Lorsque notre hôte, le chef de la chrétienté catho-

---

[122] Stephen Hawking & Leonard Mlodinov, *Y a-t-il un grand architecte dans l'Univers ?*, chapitre 7, « le miracle apparent », éd. Odile Jacob, Paris, 2011.

lique en personne, nous eût invité – nous, les « Martiens » – à nous ouvrir à l'objet de notre réunion, les plus âgés d'entre nous – John-You, Zelda et moi-même – laissèrent la parole aux plus jeunes, afin, selon la tradition d'une grande école scientifique civile et militaire française, de les aider à prendre confiance en eux-mêmes en osant argumenter clairement.

Notre petite Taoshié, après que nous l'ayons tous trois regardée pour l'y inviter, regarda le Pape Pierre et lui dit ces mots :

— Votre Sainteté : lors de notre séjour sur Mars qui, pour nous tous, et surtout pour Alex et moi qui n'étions encore que des pré-adolescents, parut durer une éternité infinie, ce qui nous donna le courage de vivre était la recherche scientifique. Nous n'avions que peu de jeux, aussi, Zelda, John-You et les autres physiciens de la mission spatiale – dont nos deux ingénieurs, eux aussi pleins de tendresse pour nous – inventèrent, en utilisant le matériel de bord rendu inutile par notre situation de naufragés de l'espace, une machine contraignant le mouvement des électrons, dans un tube donné, de telle sorte que nous puissions jouer à changer l'orientation nord-sud de cet aimant quantique, porté par l'électron, que l'on appelle : son spin.

— De plusss, Votre Sainteté, poursuivit Alex pour aider sa sœur de cœur dont la voix s'affaiblissait, *les « physio » de la spatiomission – Ladis, Kath, Danphil… – nous expliquèrent comment, sachant que nos cerveaux de grands singes sapiens sont eux-mêmes composés de cellules neurales produisant des échanges d'électrons…*

— (…) et, compléta Toshié, *depuis les mécanismes transmembranaires d'atomes d'hydrogène ayant perdu leur unique électron pour former un ion constitué d'un proton*

solitaire acidifiant le milieu cellulaire[123]*, traversant ainsi la membrane des cellules en entrée ou en sortie de celles-ci...*

— (...) les « physio » de la mission, reprit Alex, *nous expliquèrent comment orienter ces spins depuis nos cerveaux, en nous entrainant chaque jour, depuis la technologie que les « physico » de la mission avaient mise au point pour nous, en considérant deux fondamentaux de la spintronique, à savoir que, du fait de la superposition des états quantiques des spins (à la fois haut/bas – entendons nord-sud – et bas/haut – comprenons sud-nord) à basse température, certains spins (ceux de l'oxyde de cuivre, notamment) refusent... de se geler et... de s'organiser.*

— Nous nous entraînâmes, continua Toshié, *avec tout le plaisir d'un jeu nous mettant en compétition, Alex et moi, avec « les adultes » : nos parents, parrains, marraines et « oncles » et « tantes » d'adoption s'essayant aussi, comme nous, avec une lampe à plasma, confectionnée avec les moyens du bord, reliée à un mini-appareil de stimulation magnétique transcrânienne et à un bidouillage de mini-tokamak multicourbures construit ingénieusement par nos physiciens : chercheurs et ingénieurs de la spatiomission (John-You, Zelda, Joep et Tchao). Il en résultat qu'au bout de moins de deux ans de ce « jeu », dans les conditions de stress inhérentes à la gravité de Mars autant qu'à notre situation de naufragés, nous commençâmes à devenir plusss que de simples transhumains : nous devînmes, peu à peu, dès ces étonnantes expérimentations... des*

---

[123] *(Biochimie)* Christian de Duve, *Singularités – Jalons sur les chemins de la vie,* chapitre XI, « Force protonmotrice », éd. Odile Jacob, Paris, 2005, rééd. 2011 : « L'acidité est une fonction de la concentration en protons (habituellement exprimée par le logarithme décimal de l'inverse de cette concentration, ou pH). Plus la concentration en protons est élevée, donc plus le pH est bas, plus l'acidité est forte. L'intérieur des cellules a un degré d'acidité proche de la neutralité, équivalent à une concentration en protons de 10^{-7} ion-gramme par litre (pH 7). »

jedhumains[124].

— *En effet, Votre Sainteté*, poursuivit Alex, *dans le cas des aimants, nous savions que la nature – sur Mars comme sur Terre – aligne les spins pour éviter qu'ils se rencontrent : c'est l'interaction d'échanges d'Heisenberg selon laquelle, à cause*[125] *du principe d'exclusion de Pauli, et à cause*[126] *des interactions électriques, les spins sont généralement alignés entre eux.*

— *De la sorte, compléta Toshiko, après un peu plus de deux ans de cet entrainement quotidien, chacun d'entre nous, et tout particulièrement nous, les enfants – grâce à la glande nommée « thymus », très efficace chez des enfants de onze, douze, treize ou même quatorze ans – fûmes très vite capables, après nous être « chargés » pendant trois jours et surtout trois nuits, depuis notre « lampe » bricolée, de déplacer un verre placé à trois mètres de nous, sans le toucher, mais simplement en décidant, depuis nos neurones conceptuels, que nous voulions qu'il se déplaçât, tout en produisant, depuis nos neurones corporels moteurs choli-*

---

[124] *(Physique, Enzymologie spéculative)* « Un tokamak est une chambre de confinement magnétique destinée à l'étude des plasmas, notamment pour étudier la possibilité de la production d'énergie par fusion nucléaire. » Source : https://fr.wikipedia. org /wiki/Tokamak. Consulter aussi les données concernant l'*International Thermonuclear Experimental Reactor* (ITER) ; source : https://fr.wikipe dia.org/wiki/ITER. Dans un tokamak, le plasma atteint cent-cinquante millions de degrés Celsius, ce qui permet la fusion de l'hydrogène « lourd », le deutérium (^{2}H) avec du tritium (^{3}H), et produit une énergie considérable (un seul gramme du mélange peut libérer autant d'énergie que dix tonnes de pétrole !). Plus un tokamak est grand, plus on maintient l'énergie produite longtemps. Le roman que nous lisons à présent nous présente des minitokamaks, ce qui laisse supposer qu'ils ont un faible rendement. Cependant, l'idée innovante de Dan-Phil est de générer une interaction entre un tel minitokamak et certaines enzymes produites spécifiquement par nos cellules biologiques, depuis nos mitochondries, pour produire de la matière depuis le vide quantique.

[125] Cause quantique.

[126] Cause électrique.

nergiques[127]*, activés, sur notre objectif, depuis notre calcium cellulaire, grâce à une maîtrise neuroyoguique*[128] *de notre souffle, en effectuant des expirations brusques, très intenses, d'air, réalisées avec un rythme structurant la chronobiologie de toutes nos cellules.*

Un long moment s'écoula où le pape Pierre et son secrétaire regardèrent les enfants avec un mélange d'admiration et de crainte.

John-You, observant cela, prit l'initiative d'une explication supplémentaire :

— *De retour sur Terre, très saint Père, nous avons développé notre technologie de telle sorte qu'aujourd'hui nous pouvons paraître devant vous sans elle. Il nous a suffi de nous être entraînés avec celle-ci à l'hôtel, depuis trois jours, telles des piles de Volta que nous aurions chargées, pour pouvoir vous offrir ce que vous attendez de nous : une fenêtre de perception s'ouvrant dans l'univers qui « croise » le nôtre et qui, selon notre représentation courante – non pas riemannienne mais euclidienne – de la réalité physique, l'englobe.*

— *Et pourriez-vous nous dire quelques mots de cette technologie et de comment allez-vous opérer devant nous ?*, osa questionner A., admiratif.

— *Oui*, lui répondit Zelda : *il s'agit, comme vous l'a évoqué Tosh, d'un appareillage conjuguant un minitokamak*

---

[127] Activant un neuromédiateur, l'acétylcholine, qui permet à notre cerveau de commander à notre jambe d'avancer ou à notre bras de se lever.

[128] Terme déposé (©) référent à la neuroconnectique (et, donc, ne pouvant être utilisé qu'en référence à cette discipline, sous peine de poursuites), laquelle s'apparente à un yoga pulsque fondant, techniquement, le premier neuroyoga© de l'Histoire (cette discipline – la neuroconnectique – demeurant d'abord, bien évidemment, épistémologiquement, en amont de cet aspect "externe" yoguique, une neuroscience cognitive expérimentale).

multicourbures et une lampe à plasma, elle-même reliée à un petit appareil de stimulation magnétique transcrânienne, activable depuis une catégorie particulières d'enzymes, produites par l'appareil mitochondrial de nos cellules, grâce à une neuroconnectique dédiée à cet objectif spécifique : nous allons procéder devant vous selon une procédure que nous maitrisons parfaitement, mais, pour vous l'expliquer, nous allons devoir vous révéler un petit secret.

Zelda avait lancé un regard convenu vers John-You et moi-même, validant ce que nous avions décidé, la veille au soir, de raconter concernant un fait de l'historique de notre séjour martien que nous avions caché jusque-là.

Ce fut notre petite Taoshé qui prit la parole :

— Lors de notre retour sur Terre, afin de nous protéger, tandis que certains songeaient déjà à s'enrichir en nous transformant en rats de laboratoires, Ingrid, la médecin-biologiste de notre mission, prétexta des moments de « fatigue » pour expliquer qu'elle avait « égaré » les fiches composant nos dossiers médicaux. En réalité, elle voulait nous protéger, notamment du fait de phénomènes étant survenus depuis qu'Alex et moi avions été contactés par les pertinens.

— Peu avant la fin de notre séjour martien, continua Alex, *un matin que Tosh et moi, levés plus tôt que les « grands », venions d'entrer dans l'espace de la fusée nous servant de réfectoire, où nous allions prendre notre petit-déjeuner lors de tels levers tôtifs, nous entendîmes comme un coup de tonnerre et vîmes un éclair traverser le réfectoire de bas en haut, à la suite de quoi, soudain, presque immédiatement, se matérialisa devant nous un être aux traits fins, typiques, au niveau du corps et du visage, des* pertinens, *mais qui était d'un blanc extraordinairement lumineux, éblouissant même, comme s'il se fut agi d'un*

noyau d'hélium en fusion, presque insoutenable à la vue.

— Cet être ressemblait en effet, traits pour traits, à une jeune fille pertinens, telles Clara et Hilda, reprit Toshiko, mais elle était lumineuse, tellement lumineuse qu'elle avait illuminé l'espace autour d'elle comme une immense ampoule électrique. Elle se présenta à nous en nous précisant être Rachel[129], une sœur pertinienne d'Hilda, Carla et Arnold qui, ayant joui un contact rapproché avec les Habitants[130], était doté de « possibilités » qu'elle avait développées avant ses sœurs ; ces « possibilités » expliquant notamment sa très blanche luminosité, pleine, totale, totalement immaculée. Rachel nous parla avec une voix calme, harmonieuse, très affectueuse, en nous disant qu'elle venait pour nous donner à visiter l'univers 4-brane, entendons l'univers à cinq dimensions « croisant » le nôtre, dont venaient les Habitants.

— Votre Sainteté pourrait supposer que nous allions entrer quelque part, dans un ailleurs, reprit Alex ; mais ce qui nous surprit était ce que Rachel entendait par « entrer visiter notre univers », expression qui, dans sa bouche, ne signifiait nullement ce que nous entendons usuellement par le fait d'« entrer » dans un espace donné.

— Nous comprîmes alors, compléta Taoshié, l'état étrange de nos grands frères et sœurs pertinens – Arnold, Carla et Hilda – qui avaient traversé nos meubles sans que nos meubles aient pu les traverser, tel qu'ils nous l'avaient montré et dit lors de leur visite sur Mars. Plus tard, nous en parlâmes avec nos parents, parrains, marraines, oncles et

---

[129] Plus précisément « Rachel-Ixtroi-Dix », selon le livre de Daniel-Philippe de Sudres *Les enfants de demain ou l'étrange et très secret projet HP1*, réédité, aux éditions K-MDS, sous le titre *Nous en 2200.*

[130] Ce rapprochement, de la jeune pertinienne Rachel-Ixtroi-Dix avec les Habitants, a lieu dans le livre de Daniel-Philippe de Sudres, *Les enfants de demain ou l'étrange et très secret projet HP1*, au chapitre 12 : « Pas d'expansion-dislocation due à l'énergie sombre dans les univers 2T3-brane variables 1T4-brane ».

tantes d'adoption, réalisant que l'invitation de notre visiteuse lumineuse ne consistait pas à pénétrer dans un autre univers, mais, très différemment, à laisser cet autre univers, pénétrant déjà le nôtre, nous devenir perceptible.

— *Physiquement*, poursuivit Alex, *son invitation à « entrer » devait être comprise d'une façon inhabituelle pour nous :   il s'agissait non pas d'entrer, au sens des mathématiques euclidiennes, mais d'« entrer », au sens des mathématiques riemanniennes.*

— *Mais quelle est donc la différence entre les deux, mes enfants ?*, questionna le pape curiosé.

— *La différence*, lui répondit Alex, tout en souriant, *est que, lorsque nous pénétrons quelque part, nous entrons dans une maison en ouvrant une porte et en franchissant cette porte, par exemple ; tandis que là, nous n'avons rien à franchir, nous sommes « franchis » par une autre expression du réel, et il nous faut simplement être dans un « état vibratoire » en… accord avec celle-ci, au sens où l'entend la théorie des cordes, dans sa version supersymétrique impliquant le phénomène d'intrication quantique en fonction du principe d'exclusion de Pauli.*

— *Il s'agit, très saint Père*, ajouta John-You venant alors en aide aux jeunes gens, *d'un processus concernant les particules de spin demi entier, tels les neutrinos de forme muonique disposant d'une très grande énergie, et les protons qui ne se heurtent pas à un mur, mais le franchissent, lesquels nous intéressent principalement.*

— *Ainsi*, reprit Toshiko :   *Rachel, la jeune fille pertinienne « éblouissante » nous expliqua que, parce que nous avions pu nous entraîner à nous « charger » en orientant nos spins cellulaires cérébraux tous dans une même direction d'aimantation, grâce à notre technologie adaptée (notre minitokamak multicourbures relié à une lampe à plasma, connecté à un stimulateur magnétique transcrânien, lui-même connecté à chacun de nous neurofonctionnant alors en mode « neuroconnecté », entendons au stade III de veille mis en évidence par la recherche en neuroconnectique), nous pouvions franchir la « porte » de son univers, en permettant au nôtre de se doter, pour des temps très courts, des propriétés physicochimiques de celui-ci.*

— Alors, compléta Alex : *elle produisit ce qui, pour nous, était tel un miracle, tout en nous expliquant comment le reproduire par la suite, aujourd'hui par exemple, avec votre Sainteté, d'abord par son intersession – Rachel ayant été notre professeure pour comprendre, en nous-mêmes, comment motiver notre intention-volonté, cogiter, conceptualiser, respirer de la façon juste puis sensorialiser jusqu'à produire ces matérialisations – et, ensuite, en ayant acquis nous-mêmes la maîtrise de notre technologie « minitokamak multicourbures » activable par une connectique neuronale adaptée à cet objectif, sans plus avoir besoin de son aide, comme nous allons vous le montrer dans peu de temps.*

— Et quel fut ce miracle, mon enfant ?, lui demanda le pape Pierre, amplement intéressé.

Toshiko, un immense sourire aux lèvres lui répondit :

— Rachel nous tendit ses bras, allongés devant elle, en réunissant ses mains en un cercle que dessinaient ses doigts, quatre contre quatre et pouces contre pouces, autour du vide. Alex et moi restâmes un bref instant sans comprendre cette posture insolite ; mais soudain apparurent entre ses mains comme des arcs électriques

— ou muoniques, l'interrompit brièvement son frère,

— et ces arcs devinrent progressivement une sorte de matière filandreuse blanchâtre rappelant celle d'une toile d'araignée, laquelle s'épaissit, prit progressivement une forme et devint bientôt un énorme bouquet de lys blanc.

— *Nous comprîmes dans les années suivantes, en étudiant à l'école d'ingénieurs, qu'il s'agissait d'un phénomène de refroidissement de matière ionisée, de plasma en d'autres termes, générant une matière proche de la nôtre, ressemblant à s'y méprendre à, par exemple, la chair d'une plante*, précisa Alex, *quoiqu'il s'agissait d'une « chair » qui n'était pas « de chair » !*

— *J'étais émerveillée, mais pétrifiée, malgré tout l'amour que je ressentais, émanant de l'extraordinairement lumineuse Rachel*, conclu Taoshié. *Heureusement, Alex eût le courage de s'avancer, pour prendre dans ses bras ce magnifique bouquet de fleurs qu'elle nous tendait. Après quoi, elle nous offrit un radieux sourire et nous adressa la parole en nous disant :   « ceci est notre cadeau de bienvenue, car vous êtes les premiers à accueillir la Nouvelle Alliance. »*

14

« L'horloge des anges ici-bas » (ou le boson scalaire de Higgs)[131]

Question :

> **comment désenrouler la huitième dimension ?**

> *« Cependant, si la mécanique quantique a profondément re-nouvelé la physique en introduisant pour la première fois l'idée d'opéra-teurs qui ne commutent pas (…), l'énergie, devenue un opérateur, joue en mécanique un rôle central (…). »*
>
> Ilya Prigogine et Isabelle Stengers[132]

> *« En revanche, dès qu'on incorpore les effets quantiques dans la théorie de la relativité, dans certains cas extrêmes la courbure peut être si intense qu'elle amène le temps à se comporter comme une dimension d'espace. Dans l'Univers primordial – si concentré qu'il était régi à la fois par la relativité générale et la physique quantique – coexistaient effective-ment quatre dimensions d'espace et aucune de temps. Cela signifie que lorsque nous parlons de « commencement » de l'Univers, nous éludons habilement un subtil problème : aux premiers instants de l'Univers, le temps, tel que nous le connaissons, n'existait pas ! »*
>
> Stephen Hawking[133]

---

[131] Nous devons, à Etienne Klein, l'anagramme « l'horloge des anges ici-bas », pour exprimer « le boson scalaire de Higgs ».

[132] Ilya Prigogine et Isabelle Stengers, *La nouvelle alliance*, chapitre VIII, « Le renouvellement de la science contemporaine », volet 5, « Le temps quantique », p. 314, Éditions Gallimard, Paris, 1979, réed. 1986.

[133] Stephen Hawking (et Leonard Mlodinov), *Y a-t-il un grand architecte dans l'Univers ?*, chapitre 6, « Choisissons notre univers », éditions Odile Jacob, Paris, 2011.

— Dans les jours qui suivirent, reprit Alex, *Rachel, la jeune fille « lumineuse » d'aspect* Homo pertinens, *nous réapparut à chaque fois les matins où nous étions réveillés avant « les grands » – autant vous dire : chaque matin, pendant ces jours très stimulants – et, toujours, en ce lieu que nous appelions « le réfectoire ». Le troisième jour, tandis qu'elle nous avait demandé, dès sa première visite, de nous « ioniser » avec notre lampe reliée à notre minitokamak improvisé par l'ingéniosité de John-You, Zelda et nos deux ingénieurs, elle demanda à ma sœur de placer sa main dans une sorte de « fente » qu'elle produisit dans l'air, comme un simple trait droit, vertical, large de cinq ou six centimètres, et long d'une cinquantaine de centimètres environ.*

— Lorsqu'Alex et moi regardâmes dans cette mince fente, poursuivit Taoshié, *nous vîmes un monde de couleurs magnifiques, intenses, joyeuses : nous en parlâmes le soir, entre nous deux, puis, les jours suivants, avec notre parenté, tant cela était beau. Alors, tandis que je regardais dans la « fente », Rachel m'apparut depuis dedans cette fente, comme si elle était à la fois à l'extérieur et à l'intérieur de la fente, à côté de nous et dedans la fente simultanément. Là, de l'intérieur, elle me tendit la main et me dit : « Viens, rejoins-moi ! ».*

— Tosh était toujours là, à côté de moi, devant la fente, poursuivit Alex, *mais ce que je la vis accomplir fut pour moi si surprenant que j'en eus de la difficulté à respirer jusqu'à ce que tout redevint « normal » : Rachel, qui m'apparaissait au-dehors de la fente, devant moi, mais qui apparaissait à Toshy au-dehors et au-dedans de cette « fente* [134] *», lui dit : « Passe à travers ce mur ! ». Il s'agissait du mur du réfectoire qui donnait dans notre vaisseau atterrisseur, sur la partie comportant les appareillages d'aération pour l'étage.*

---

[134] *(Physique)* Allusion évidente aux fentes de Young.

— Vous avez donc reçu ce cadeau, mes enfants, reprit l'ecclésiastique : *mais comment en êtes-vous arrivé à pouvoir, vous-mêmes, reproduire ce miracle, si j'ai correctement compris ce que vous m'avez dit ?*

— En fait, Votre Sainteté, lui répondit Alexandrej, *le reproduire nous prit quelques années…*

— Nous étions passionnés par les « miracles » qu'il nous avait été donné de percevoir, lui précisa Tosh, *tel qu'ouvrir la porte de notre « chambre », entendons de notre couchette dans la chambre générale de repos de notre vaisseau-maison, et entrer… dans « le réfectoire ».*

— Pour parvenir à ce « miracle », poursuivit Alex, *après nous être « ionisés » pendant quelques jours, selon les instructions de John-You et de Zelda, nous nous étions entrainés, avec l'aide de Danphil, de la façon suivante : d'abord, par exemple, nous souvenir d'avoir vu une fleur dans un champ, nous rappeler parfaitement de nous-mêmes, corporellement, depuis le souvenir de la sensation du vent frais sur notre corps et des couleurs perçues, ainsi que de nos épaules tendues ou de notre dos relaxé, voire des postures que nos corps avaient alors adoptées ; ce souvenir étant neuroconnecté[135] au souvenir de notre respiration, pour exemple calme et puissante lors du moment remémoré, pour, ensuite, projeter ces souvenirs de soi de nouveau là, au présent, en « attirant » le souvenir de la fleur pour nous « accompagner » elle aussi, comme le « soi » que nous étions alors, dans l'instant présent, en nous efforçant de « voir » cette fleur, alors « conçue-perçue » très attentivement en tant que réalité vivante, en tant que plante vue par nous ; puis « ouvrir » le « vide » comme nous l'avait montré Rachel et, enfin, « matérialiser » la fleur… passée,*

---

[135] *(Neuroconnectique)* Il s'agit là d'une expérience de neuroconnectique visant à réaliser des connexions en cascade, selon les travaux dirigés enseignés aux étudiants en sixième année. Pour s'inscrire aux TD de première année, contacter l'auteur *via* l'éditeur ou/et lui écrire *via* son secrétariat : <institut.de.neuroconnectique23(at)gmail.com>.

en une fleur… présente.

Le jeune secrétaire du pape Pierre glissa quelques mots à l'oreille de ce dernier. Après quoi Pierre le Romain, comme il aimait se nommer dans les textes officiels – pour se distinguer de Pierre l'Apôtre –, leva la main en signe de demande de parole. Puis, tandis qu'Alex et Tosh demeuraient silencieux, il leur posa cette question :

— Mes enfants, si vous pouviez passer ainsi d'un espace – ou, devrais-je dire, plus exactement, d'un « espace-temps » – à un autre, dans un même instant, mon secrétaire m'interroge : n'avez-vous pas été tentés d'ouvrir une des portes de votre « atterrisseur » pour entrer… dans votre chambre à coucher, chez vous, sur Terre ?

— Nous y songeâmes, leur répondit Alex, *mais tout ceci était tellement nouveau pour nous et, osons l'avouer, effrayant, que nous préférâmes nous en tenir à ce que nous connaissions.*

— Nous avions déjà suffisamment peur de l'inconnu pour ne pas… ne pas obéir « à la lettre » aux consignes de Rachel, ajouta Toshiko.

— Nous avions demandé à Zelda et à John-You de nous éclairer sur tout ce mystère, ajouta Alex : *comment passer d'un espace à un autre simplement en nous soumettant à une technologie capturant des électrons sur la couche périphérique d'un grand nombre d'atomes constituants nos corps, les transformant en ions et nous transformant, nous-mêmes, en des réalités devenant progressivement « plasmiques » ?*

— Notre inquiétude portait sur la réversibilité de cet état de la matière, précisa Taoshé : *si nous modifions nos corps en changeant ainsi leur biochimie, redeviendrions-nous ensuite comme avant, ou pas ?*

— *John-You et Zelda nous démontrèrent que non, re*prit Alex, *que cet état rapprochant la matière de nos corps d'une énergie de haute intensité impliquait, sans retour possible, que nous accélérerions les « moments » cinétiques de nos particules constitutives, en d'autres termes : nous deviendrions, d'un point d'observation biochimique, plus « électroniques » – en fait plus… muoniques – que des êtres humains « normaux » : nous quitterions non pas le genre humain, mais la forme de son expression usuelle, pour entrer dans une de ses variantes, différente du trans-humain et de ses molécules d'augmentation, ce que nous appelons aujourd'hui « l'état de jedhumain ».*

— Évidemment, compléta Tosh, *parce que nous n'étions que des enfants, à la fois nous n'avions pas mesuré la radicale transformation que nous allions connaître et, cependant, biengré l'enthousiasme de l'explorateur(e), nous avions très peur. Ladis, Ingrid, France et bien sûr Danphil nous rassurèrent : ce nouvel état de la matière, que nous allions favoriser, croitrait avec nous et, par conséquent, nous serions avec lui tels des pilotes dans leurs avions.*

Après un bref instant silencieux, empli d'échanges de regards entre les quelques jedhumains que nous étions, parmi mon ami A. et ce pape extraordinaire accompagné de son secrétaire, ces regards allant principalement des « enfants » vers John-You, celui-ci reprit :

— *Nous allons donc entrer en expérience, très saint Père, aujourd'hui, et vous donner à « pénétrer » la dimension supplémentaire, la cinquième d'espace, où, plus précisément, nous allons localement désenrouler la huitième, décrite par la théorie M., que nous avons activée ici, devant vous, depuis sa supersymétrie.*

— *Mais avant cela, avant de procéder à l'expérience,* osa courageusement demander A. : *pourriez-vous rassurer quelqu'un en moi qui soudain prend peur : allons-nous entrer dans le vide et… risquer de n'en pas revenir ?*

— Oui, mon fils, j'appuie ton questionnement : pourriez-vous nous instruire plus finement de cette croisée des sciences qui vous permet, à vous, jedhumains, d'entrer vivants dans ce que nous, catholiques, appelons « le Royaume… de Dieu » ?

Un large sourire, empli de bonté, se dessina sur les visages de Zelda, John-You, Tosh et Alex. Ce dernier lançant :

— Que notre sérénité soit avec vous et vous accompagne tout au long de cette expérience : nous allons « simplement » matérialiser une autre réalité « dans » la nôtre – en vérité, le fruit de notre travail de recherche multidisciplinaire va permettre aux lois physicochimiques, régissant notre réalité, d'être momentanément enrichies de lois complémentaires régissant une réalité voisine, entendons : un univers plus complexe que le nôtre –, tel qu'il en serait si nous entrions dedans, ceci nous autorisant à, pour illustration, produire des fleurs depuis « le vide », entendons depuis le « vide quantique » qui n'est pas vide, mais plein d'énergie matérialisable en particules diverses.

— Qu'entends-tu, Alex, par « tel qu'il en serait si nous entrions dedans », demanda A. au jeune jedhumain.

— Oh, vous êtes bon prince en me posant pareille question qui me permet de préciser le plus délicat aspect de mon propos, reprit Alex : en effet, c'est cette autre réalité plus complexe que la nôtre qui entre dans notre réalité, parce qu'elle est plus « active », plus « vivante » parce que plus complexe, que la nôtre, mais cela se peut d'abord et avant tout parce que l'axiome fondamental, ici, est qu'en

vérité c'est notre réalité qui est dans une réalité plus grande, réalité dont nous ignorions l'existence avant les récentes découvertes de la physique des années 2040, et en sortant de notre ignorance nous commençons à découvrir que notre univers est, pour ainsi l'exprimer : mathématiquement et physiquement « inclus » dans un autre univers.

Après quelques secondes de silence, le secrétaire particulier du pape Pierre lui parla à l'oreille. Puis, dérogeant de son habitude, le souverain pontife prit la parole, à haute voix, en ces termes :

— Mon cœur aime ton intelligence, Giovanni, aussi, les temps ne sont plus aux protocoles spoliateurs. Il était d'usage qu'un simple secrétaire pontifical parlât en chuchotant devant le très saint Père, mais, dorénavant et dès à présent, il en sera autrement : prends la parole et pose ta question, car s'il est donné à tes neurones, comme diraient nos invités, de concevoir pareille question, alors c'est de ta bouche directement, sans plus m'en offrir la gloire, qu'elle doit jaillir, sinon, n'est-il pas vrai que l'idée aurait germée d'abord dans mon cerveau et non dans le tien !?

Le jeune secrétaire pontifical, à peine tridécagénaire, entendons « trentenaire » – dont nous apprîmes, plus tard, qu'il était à un poste aussi important, autrefois uniquement occupé par des gens âgés du double de son âge, parce qu'il conjuguait une intelligence hors normes, orientée « sciences », et une foi inébranlable dans le fait que nous entrions dans « les temps christiques où commence le Jugement », selon la célèbre encyclique du pape Pierre II – nous dit alors ceci :

— Mes Ami(e)s, cher(e)s au cœur de la Science qui nous découvre tant de « Mystères », tels que nous,

théologiens, nommons de tels « phénomènes », pourriez-vous nous expliquer, en détails, comment, depuis les sciences physiques, est possible une « matérialisation », que ce soit depuis un « objet » venant de l'univers qui « croise » le nôtre ou, si j'ai correctement suivi vos propos, que ce soit depuis un « objet » venant de notre univers qui, par le fait qu'un univers plus complexe l'englobe et produit donc un « feuillet » dédoublant, pour ainsi l'exprimer, ce premier univers, peut disparaître ici et réapparaître là, même s'il s'agit d'un « objet » qui existait il y a quelque temps, mais n'existe plus dans le moment présent ?

— Mon Ami – *permettez-moi de vous appeler ainsi puisque vous parlez avec tant de sincérité et de curiosité –*, lui répondit Alex qui, le regardant comme âgé d'une presque petite dizaine d'années de plus que lui, devait le ressentir comme quasiment de sa génération : *je vais, selon votre souhait, vous parler de physique. Depuis très longtemps, depuis « dix puissance moins vingt-trois*[136] *» après le Big Bang, autrement dit : approximativement depuis le commencement de notre univers, il n'y a plus de ce que nous appelons les « bosons BEH*[137] *» ou « bosons de Higgs ». Cependant, ces bosons existent dans le vide quantique à l'état virtuel. Ils n'ont pas assez d'énergie pour exister réellement, entendons dans « notre » réalité. En clair, lorsqu'ils commencent à prendre consistance, à passer de*

---

[136] 10^{-23}

[137] *(Physique)* « Le boson de Higgs, aussi connu sous d'autres noms dont celui de boson BEH, est une particule élémentaire dont l'existence, postulée indépendamment en 1964 par Robert Brout, François Englert, Peter Higgs, Carl Richard Hagen, Gerald Guralnik et Thomas Kibble, permet d'expliquer la brisure de l'interaction unifiée électrofaible en deux interactions par l'intermédiaire du mécanisme de Brout-Englert-Higgs-Hagen-Guralnik-Kibble et d'expliquer ainsi pourquoi certaines particules ont une masse et d'autres n'en ont pas. Son existence a été confirmée de manière expérimentale en 2012 grâce à l'utilisation du *Large Hadron Collider* (LHC : accélérateur de particules défini tel un grand collisionneur de hadrons). » ; source : https://fr.wikipedia.org/wiki/Boson_de_Higgs.

l'énergie à la matière, et donc à se matérialiser dans notre univers, ils disparaissent parce que, ne disposant pas d'assez d'énergie, ils ne peuvent que s'y désintégrer très vite.

— Mais, mon enfant, cela signifie-t-il que s'ils disposaient de plus d'énergie, ils se matérialiseraient ?, demanda le pape Pierre II, très motivé.

— Oui, Votre Sainteté !, reprit Alex, *c'est parce que ces particules, ces bosons, sont en dehors de leur « couche de masse » qu'ils ne sont pas vraiment réels, selon ce qui est « réel » dans notre univers 3-brane. Pour disposer d'une énergie égale à leur masse multipliée par la constante universelle élevée à son carré (mc^2), ces bosons*[138] *ont besoin de « chaleur ». Ainsi, dans un accélérateur de particules*[139], *on réchauffe le vide localement, puisqu'on produit, dans ce vide, l'énergie qu'ont les particules contenues dans l'accélérateur au moment où elles interagissent entre elles : alors, les bosons de Higgs, qui sont dans l'accélérateur, deviennent réels, puisque leur énergie devient supérieure à mc^2 – ils avalent même un brin de l'énergie cinétique*

---

[138] *(Physique)* « En mécanique quantique, un boson est une particule de spin entier qui obéit à la statistique de Bose-Einstein. Le théorème spin-statistique différencie les bosons des fermions, qui ont un spin demi-entier. La famille des bosons inclut des particules fondamentales : les photons, les gluons, les bosons Z et W (ce sont les quatre bosons de jauge du modèle standard), le boson de Higgs et le graviton, encore théorique, ainsi que des particules composites (les mésons et les noyaux qui ont un nombre de masse pair comme le deutérium, l'hélium 4 ou le plomb 208) et quelques quasi-particules (paires de Cooper, plasmons et phonons). Alors que les particules élémentaires qui constituent la matière (leptons et quarks) sont des fermions, les bosons élémentaires sont vecteurs de force et servent de « colle » pour lier la matière. » ; source : https://fr.wikipedia .org/wiki/ Boson.

[139] *(Sciences de l'ingénieur(e))* « Un accélérateur de particules est un instrument qui utilise des champs électriques ou magnétiques pour amener des particules chargées électriquement à des vitesses élevées. En d'autres termes, il communique de l'énergie aux particules. » ; source : https://fr.wikipedia.org/ wiki/Accé lérateur_de_particules.

produite par tout ce mouvement (celui de l'accélération des particules), ce qui leur permet de sortir du vide.

— Et ainsi vous produisez des fleurs qui sortent de « nulle part » ou, plus exactement, du vide quantique !?, reprit le pape Pierre.

— Il en est presque ainsi, Votre Sainteté !, reprit Alex : *plus précisément, ce n'est pas le boson de Higgs qui produit « des fleurs » sortant du vide quantique, mais une autre particule très récemment découverte, qui se sert de lui tel d'un médiateur.*

— Que veux-tu dire, mon ami ?, osa Don Giovanni à l'adresse d'Alexandrej, devant un sourire d'encouragement bienveillant du pape Pierre qui s'amusa, généreusement, à aider ce jeune homme au dépassement de sa timidité habituelle, circonvenant ainsi volontairement, et joyeusement, à l'étiquette pontificale.

— Je vais te donner, ainsi qu'à Sa Sainteté, un comparatif depuis d'autres bosons, entendons :   depuis d'autres particules médiatrices, entreprit Alex qui enchaîna : *en électromagnétisme, un électron, attiré ou repoussé par un proton, l'un étant le « - » et l'autre le « + » dans cette interaction, a un médiateur :   le photon ;   de même, les médiateurs de l'interaction faible – laquelle est responsable de la fusion de l'hydrogène – sont les particules W et Z ; le médiateur de l'interaction forte qui relie les quarks, à l'intérieur des protons et des neutrons, est le gluon ; pour l'interaction gravitationnelle, le médiateur n'est pas une particule médiatrice, mais une « vague de corde fermée » que nous appelions hypothétiquement « graviton[140] », jusqu'au milieu des années 2040 où nous l'avons renommée « wavon », parce qu'elle dépend d'une géométrie rieman-*

---

[140] *(Phys.)* Le graviton est un boson hypothétique, sans masse, de spin 2.

nienne non commutative[141] *dont j'aurai l'occasion de vous parler plus à fond*[142], *Votre Sainteté, pour vous expliquer comment nous produisons de la matière* via *l'énergie du vide quantique*[143], *depuis le second feuillet d'univers dédoublant le nôtre du fait de l'univers à cinq dimensions – ou univers 4-brane – « croisant » le nôtre (qui est, je vous le rappelle, un univers 3-brane) ; de même, nous savons aujourd'hui que le boson de Higgs (renommé « transféron » quand il revêt l'aspect d'un tel médiateur, par son caractère muonique, au sein de la physique des plasmas, du fait de réchauffements de la matière confinant à sa transformation en énergie avant de refroidir et redevenir matière apparaissant là où le nous voulons, selon les lois de la physique plus complexe que la nôtre qui régit l'univers qui englobe le nôtre) est la particule médiatrice d'une nouvelle force que nous avons nommée « transféromagnétisme ».*

Les deux ecclésiastiques parurent émerveillés par ces avancées de la physique de ce milieu du vingt-et-

---

[141] *(Mathématique, Mathématique spéculative)* Travaux de recherche de mathématique réalisés par le médaillé Fields français Alain Connes.

[142] *(Cosmologie spéculative)* La géométrie riemannienne non commutative d'Alain Connes permet aux physiciens, spécialistes des cordes, d'entrevoir qu'une sorte de second feuillet d'univers dédoublerait notre univers : une forme de « peau » intelligente courrait sur la surface de tout ce qui existe, même de l'espace – espace qui, selon la théorie de la relativité générale, court partout, même entre les planètes, même dans le vide quantique et ses bosons de Higgs. Des neutrons relieraient ces deux « feuillets » (à comprendre telles les deux « faces » d'une brane), le feuillet « négatif » (le second « feuillet ») disposant d'une gravité contraire (antigravité) au feuillet « positif » (le premier « feuillet »).

[143] *(Astrophysique)* Parce que notre univers se refroidit, l'énergie du vide nous devient – actuellement – accessible et produit, tel que ce fut le cas au début de cet univers, une inflation lente exponentielle de celui-ci. L'inflation initiale de notre univers a résulté d'une transition de phase entre l'énergie du vide superchaude, puis chaude. La question à se poser est : « Y aura-t-il une nouvelle transition de phase dans ce vide ? » La réponse est : « *A priori* non, car ce vide est plus froid que le vide initial. »

unième siècle. Don Giovanni ajoutant, une fois son émotion passée :

— Qu'en est-il, Alex, de tout ceci : serait-ce que, pour nous permettre d'entrer en expérience, vous, jed-humains, allez prendre, depuis cette particule médiatrice renommée « transféron », dans l'énergie du vide quantique reliant les deux univers, via le second feuillet d'univers dédoublant le nôtre, l'énergie vous permettant de produire, depuis « rien », de « matérialiser » en d'autres termes, des « objets », voire des expressions du vivant, telles des fleurs ?

— Oui, mon ami, tu l'as fort bien résumé !, lui répondit Alex en osant alors tutoyer ce tout juste tridéca-génaire qu'il considérait, à présent, avec une vive amicalité.

— Cependant, mes enfants, relança le pape Pierre motivé : *comment pourrez-vous, là, devant nous, produire ce que seul peut produire un grand collisionneur de hadrons ?*

— Nous n'avons pas emporté avec nous, à l'hôtel, un accélérateur de particules long de quatre-vingt-huit kilomè-tres ou même juste de vingt-six kils !, lui répondit Zelda avec son sourire taquin empli humour.

— En effet, nous avons modifié la donne, poursuivit Taoshié, *en ayant complété nos connaissances en physique par des découvertes récentes réalisées en biochimie : une certaine variété d'enzymes – variante de kinases bloquant l'induction de la potentialisation à long terme et phospho-rylant les récepteurs glutamatergiques post-synaptiques, changeant ainsi les propriétés électriques de la synapse, dont la spécificité, découverte à la fin des années 2030, est une transformation des propriétés électriques en propriétés muoniques – produites par nos mitochondries, dans des conditions appropriées, permettent à nos corps d'atteindre des températures extrêmement chaudes, suffisantes pour*

produire une énergie égale à leur masse multipliée par la constante universelle (celle de Poincaré-Einstein dite « de célérité de la lumière dans le vide[144] ») élevée à son carré : ce sont donc ces enzymes qui, fondamentalement, génèrent, depuis nous, humains sapiens, ces « objets » semblant sortir du vide.

— Mais, s'il en est ainsi, mon enfant, vous devriez brûler vive !, s'étonna le pape Pierre.

— Non, Votre Sainteté, reprit Toshiko, *car ceci a lieu à une échelle infiniment petite que mon organisme biologique permet, dans sa grande masse, de rafraîchir : tout au plus, je peux atteindre quarante-six degrés Celsius, et mes cellules, alors, se reproduisent à très grande vitesse, se multipliant et se remplaçant de façon accélérée, de telle sorte que je reste vivante et en bonne santé, malgré cette thermobiochimie extra… ordinaire.*

Le pape Pierre et son secrétaire affichèrent des moues dubitatives. Tosh et Alex proposèrent alors d'amorcer un programme d'expériences étonnantes.

---

[144] Constante « c » = 299 792 km/s.

15

Où les jedhumains
produisent de la chaleur
en modifiant leur respiration,
et enseignent à un jeune homme
comment marcher sur des braises

« *Les phénomènes observés au cours du développement du système nerveux en appellent à des mécanismes très comparables à ceux de la potentialisation à long terme. Les buts en sont d'ailleurs voisins puisqu'il s'agit de renforcer des relations synaptiques à la suite de la co-activation de deux neurones (l'activité de l'un favorisant l'activation de l'autre).* »

Jean-Marie Meunier et Alexandre Shvaloff[145]

« *Supposons que l'on branche les axones de neurones moteurs des élytres sur les muscles des pattes : le grillon marchera au rythme du chant d'appel, mais il ne chantera pas.* »

Jean-Pierre Changeux[146]

Les deux adulescents bidécagénaires discutèrent quelques secondes de la meilleure expérience à montrer au pape Pierre II, se décidèrent, en échangèrent quelques mots avec Zelda, John-You et moi-même, et, après que nous eussions tous trois validé leur suggestion, se concentrèrent.

---

[145] Jean-Marie Meunier et Alexandre Shvaloff, *Neurotransmetteurs*, chapitre 13, « Glutamate et aspartate / Effets physiologiques / Rôles dans le développement de la plasticité synaptique », Masson, Paris, 1992.

[146] Jean-Pierrre Changeux, *L'Homme neuronal*, chapitre IV, « Passage à l'acte », Librairie Arthème Fayard, Paris, 1983.

Zelda expliqua alors au pape Pierre et à son si sympathique secrétaire, Don Giovanni, que « les enfants », tels qu'elle les appelait toujours, allaient leur montrer l'état de neurofonctionnement, et sa biochimie associée, permettant toutes nos expériences ultérieures, notamment de production de « matière plasmique », générant des « matérialisations » depuis le vide quantique. Elle demanda plus spécifiquement à Don Giovanni d'accepter, pour cette première expérience, d'être « le témoin », celui qui pourrait être « la cible » de l'expérience, afin d'en décrire ses perceptions ; ce qu'il accepta avec générosité et enthousiasme.

Tandis que des individus sans formation scientifique, notamment en physique, étaient presque toujours dubitatifs quant à nos allégations, nos deux hôtes, tenus par leur foi, étaient dans une écoute émerveillée de nos propos. Quant à mon ami A. – qui avait organisé ces rencontres en la Città del Vaticano –, son amitié et sa grande curiosité lui donnaient la capacité d'accepter l'incroyable.

Après environ cinq minutes de concentration intense d'Alex et de Tosh, Don Giovanni commença à respirer avec peine, il manquait d'air audiblement et visiblement, inspirant dans la difficulté et exprimant bientôt à leur égard un :

— *Mes amis, ayez pitié de moi, j'ai de plus en plus chaud !*

Alors, nos deux adulescents se relaxèrent, respirèrent plus calmement et le secrétaire pontifical retrouva sa bonne mine et son sourire, après être passé par des secondes de suffocation.

— *Mon ami*, lui dit alors Alex « encore chaud », *venez nous toucher, ma sœur et moi, pour prendre la mesure de notre état thermique.*

Après avoir touché, à leur demande, les bras, les visages, les poumons des deux jeunes gens, et avoir gardé ses mains dans les leurs quelques instants, Don Giovanni revint s'asseoir près du pape Pierre auquel il dit, devant tous et toutes :

— *Très saint Père, ils sont tous deux très chauds, mais plus encore, en m'approchant d'eux, j'ai été comme piqué par mille aiguilles : ils sont comme électriques !*

— *Comment cela se produit-il ?*, demanda le pape Pierre, *est-ce une sorte de yoga ?*

— *Il s'agit, Votre Sainteté*, lui répondit Taoshié, *non pas du « yoga » commun servant aux braves gens à se déstresser, mais du vrai Yoga*[147], *dont la fonction est de transformer l'humain en une réalité qui n'est plus une simple viande, mais une conscience animant la viande, jusqu'à, s'il le faut, la modifier. Il s'agit d'accroître notre chaleur interne par de la respiration concentrée, laquelle fut transmise à Don Giovanni par nos neurones miroirs ; d'où le fait qu'il ait eu progressivement chaud, tandis que nous étions en train*

---

[147] *(Neurophysiologie, Yoga)* La première des six techniques yoguiques enseignées par l'école lamaïste indo-tibétaine de Tilopa, Naropa, Marpa et Milarespa est dite « *gtum-mo* » ou « feu intérieur, chaleur interne ». Elle s'active depuis une « veine » conceptualisé comme traversant de haut en bas tout le corps, devant la colonne vertébrale, apte à réchauffer tout l'être. Les travaux dirigés de neuroconnectique transformationnelle (troisième cycle de l'enseignement de cette neurodiscipline) commencent eux aussi par l'entrainement des étudiants à produire cette « chaleur interne ». « Par une nuit d'hiver où la lune brille, ceux qui se croient capables de subir victorieusement l'épreuve, se rendent, avec leur maître, sur le bord d'un cours d'eau non gelé (…). Les candidats au titre de *respa*, complètement nus, s'assoient sur le sol, les jambes croisées. Des draps sont plongés dans l'eau glacée, ils y gèlent et en ressortent raides. Chacun des disciples en enroule un autour de lui et doit le dégeler et le sécher sur son corps. Dès que le linge est sec, on le replonge dans l'eau et le candidat s'en enveloppe de nouveau. L'opération se poursuit, jusqu'au lever du jour. Alors celui qui a séché le plus grand nombre de draps est proclamé le premier du concours » (*Mystiques et Magiciens du Thibet*, pp. 228/29, éditions Plon, Paris, 1929).

de lui envoyer, tous deux, rythmiquement, à chacune de nos expirations, un peu de ce « feu » qui, en plein hiver, serait l'instrument de notre survie.

Le pape Pierre resta un moment le regard vers le sol et l'index sur les lèvres, de bas en haut ; son menton reposant sur le reste de sa main.

Puis il dit :

— *Ma chère enfant, ton propos m'a interpellé. Tu as parlé d'« une conscience animant voire modifiant la viande ». De quoi s'agit-il ?*

— *L'humain ordinaire, Votre Sainteté,* lui répondit Alex alors volant au secours de sa sœur, *celui, celle qui ne neurofonctionne qu'au stade I de veille, tel un automate s'imaginant naïvement qu'il serait maître de ses pensées, alors que son cerveau pense plus vite qu'il ne s'en aperçoit, ne se pose évidemment pas la question de savoir si sa viande pourrait être autrement qu'elle est. Quand il ou elle ressent le froid, se pense automatiquement en il ou elle : « j'ai froid », et sa pauvre intelligence s'arrête là. Par contre l'humain qui, comme le dirait Votre Sainteté, en termes théologiques, est « touché par la Grâce », ou, comme nous le disons, nous, jedhumains, est, par hasard ou par nécessité, conduit à neurofonctionner accidentellement au stade II de veille, se découvre alors dans l'idée que « le froid » n'est peut-être pas obligatoirement « froid » pour sa chair, qu'il ou elle peut alors décider de transformer la sensation de « froid ».*

— *Lorsque Votre Sainteté mange pour la première fois un fruit,* poursuivit Tosh, *le goût de ce nouveau fruit s'inscrit dans son cerveau telle une nouveauté. Mais, pour qui possède un cerveau intelligent s'entrainant, par con-nexions neuronales, à en garder mémoire, il est possible de se rappeler du goût de ce fruit, même au moment où l'on n'en mange pas. Et, mieux encore, Votre Sainteté peut manger une prune et, dans le même instant, décider de se souvenir du goût de la fraise. Auquel cas, il s'agira d'une prune… au goût de fraise.*

— *Ainsi*, reprit Alex, *celui, celle qui sait neuro-fonctionner au stade III de veille peut décider de convertir, en lui, en elle, l'énergie du froid en énergie du chaud et, par conséquent, « d'avoir chaud » quand le climat est « froid »* [148].

— *Si nous sommes capables de modifier notre perception d'une sensation*, reprit Tosh, *nous pouvons pareillement modifier des structures cellulaires plus stables, la forme de notre visage par exemple. Si je regarde avec admiration et amour, pendant une heure chaque jour, le portrait de la femme à laquelle je souhaite ressembler, ce travail visuel neuroconnecté à mon effort motivationnel de souhaiter lui ressembler, par le fait de mes neurones miroirs, transformera progressivement, au fil des années que durera l'expérimentation, mon visage en ce visage-ci. L'Histoire nous a livré beaucoup de témoignages de gens qui, issus de familles aux visages donnés, se croyant sérieusement descendants ou descendantes d'autres familles, voyaient leurs visages se transformer, parfois radicalement, en ceux typiques des familles supposées leurs.*

— *Sans doute, Votre Sainteté se demande-t-elle s'il faut cinq ou dix ans pour pareillement modifier nos traits*, coupa Alex.

— *Pour un enfant ou un adolescent, cela prend peu de temps*, reprit Toshiko, *par rapport à un vieillard, ceci à*

---

[148] *(Neurosciences [Neuroconnectique], Littérature scientifique)* Lire le livre *La neuroconnectique, neuroscience de l'éveil – libérateur de nos conditionnements biologiques, psychologiques et psychosociaux* (Éditions K-MDS – Presses de l'Avenir, Paris, 2017) afin d'y découvrir les cinq stades de l'état de veille, mis en évidence par la recherche en neuroconnectique, qui sont accessibles à tout humain *sapiens* les explorant.

cause de la neuroplasticité cérébrale très souple dans la jeunesse d'Homo sapiens. Toutefois, cela prend des années pour tous les individus de notre espèce s'y exerçant depuis le stade III de veille, stade où se met à neurofonctionner le cerveau de l'individu qui s'exerce à se rappeler soi-même et à se rappeler du visage qu'il veut et à se rappeler qu'il veut que A se transforme en B. Or, pour un humain sapiens *explorant couramment son stade V de veille, cela peut prendre quelques minutes, car notre travail de recherche, en enzymologie, portant sur la cinétique des réactions enzymatiques, dont nous vous avons parlé, explique que nous pouvons accélérer des processus biochimiques, au cœur de notre biologie, jusqu'à réparer, de l'intérieur, un tissu vivant endommagé.*

— Aussi, Votre Sainteté, acheva Alex, *nous allons entrer en expérience en vous proposant que Don Giovanni accepte de marcher sur de petites braises que nous allons étaler sur un dispositif que nous allons poser, ici, sur le sol.*

Suite à une inclinaison de la tête, nous ayant renseigné sur son acceptation, le pape Pierre invita son secrétaire à se préparer pour l'expérience. Ce dernier, *via* son neuro-nano-implant phonique, informa de ce projet, à effet immédiat, le service du bâtiment du palais pontifical, ses pompiers en d'autres termes ; ce pendant qu'Alex installait sur le sol un dispositif contenu dans la valise de John-You, permettant de chauffer des braises.

Bientôt, Alex et Tosh, usant d'un minifour, activèrent la combustion de morceaux de charbon, en les portant à haute température puis, tandis que les braises y étaient déposées, brulantes et rougeoyantes, ils se déchaussèrent, se concentrèrent et, à titre de démonstration, marchèrent silencieusement sur elles d'un bout à l'autre du mètre cinquante de longueur que représentait leur installation.

A l'issue de cette expérience, Alex et Tosh montrèrent, à tous, les dessous de leurs pieds qui n'étaient pas même couverts de cloques, tel que cela eut dû se produire « normalement ».

Intrigué et admiratif, Don Giovanni leur demanda :

— Mes amis : faut-il que vous soyez dans un état religieux particulier – de grâce ou de béatitude –, et que vous récitiez mentalement une prière spéciale qui vous protège des brûlures ?

— Non, cher Giovanni, lui répliqua Alex en continuant de tutoyer ce nouvel ami : *tu peux lire un simple livre de mathématiques et énoncer, en pensée ou à voix haute, le théorème de Thalès, le résultat sera exactement le même qu'en lisant un « livre saint » de telle ou telle croyance religieuse*[149]. *L'important, pour n'être pas brûlé, est de prendre conscience de ton pied se posant – talon, plante, pointe – sur les braises, tout en neuroconnectant cette attention avec ta prise de conscience de la respiration de tes poumons, que tu dois t'efforcer de maintenir toujours très calme, très profonde, tant pour ses inspirations que pour ses expirations.*

— Cette connexion neuronale – et bien sûr gliale –, compléta Tosh qui osa aussi bientôt le tutoiement, *se doit d'être conjuguée à deux autres connexions, non plus corporelles, mais conceptuelle, pour l'une, et motivationnelle, pour l'autre. Sur le plan conceptuel, après, sur le plan intellectuel, l'avoir pensé ou pas, tu dois te représenter toi-même, de toute ta masse, comme si tu y étais déjà, étant arrivé sans*

---

[149] *(Zététique)* Cette non nécessité de réciter un texte spécial (de type religieux, chamanique, etc.) fut démontrée par une expérience réalisée, dans le cadre du Groupe des Laboratoires de Marseille (CNRS), en mai 1992, par Henri Broch, directeur du laboratoire de zététique à l'université niçoise de Sophia-Antipolis, co-auteur (avec Georges Charpak) de *Devenez sorciers, devenez savants*, éditions Odile Jacob, Paris, 2002.

dommage de l'autre côté de la « planche ». Et, dans cette expérimentation de neuroconnectique fondée sur le protocole d'une cascade de trois double-tâches connectant quatre domaines de focalisation de ton attention, tu dois aussi rester en permanence focalisé, sur le plan motivationnel, sur ton désir ardent – plus ardent que les braises, dirait Mom – de rester indemne à l'issue de l'expérience.

Don Giovanni, le regard pétillant d'émerveillement, demanda à Taoshié, qu'il osa à son tour timidement tutoyer :

— M'offriras-tu, chère petite sœur, la grâce de m'informer de toutes ces connaissances neurobiologiques, et, plus spécifiquement, neuroconnectiques, qui sont les tiennes, afin que je puisse moi aussi entrer en expérience et, dans quelques minutes, comme vous deux, marcher sur ces braises sans douleur et sans cloques ?

— *Oui*, lui répondit Toshiko, *oui cher ami, cher frère en cette nouvelle religion, sans « Dieu », ni prêtres, ni servitudes, qui s'appelle : « la Science », je vais tout te dire afin que, dans quelques instants, tu puisses nous rejoindre dans cette expérience de neuro… autant que de psycho… physiologie. D'abord, sache que la concentration intellectuelle (répétition d'une formule mathématique, par exemple, comme te l'a suggéré Alex) coupe les circuits de la douleur dans ton cerveau en orientant la consommation du glucose cérébral non plus depuis ton neurosous-système sensoriel, mais depuis ton neurosous-système intellectuel entrant. Ensuite, en respirant de manière très calme, très concentrée, tu régules la production d'adénosine triphosphate, le carburant qui va assurer la suite de l'opération, en libérant des neurotransmetteurs enrichis d'une production d'enzymes, notamment kinases, qui vont participer à la réparation, suraccélérée, des tissus endommagés par les braises, avant même que les braises… les endommagent. Ensuite, depuis*

*ton neurosous-système intellectuel sortant, ou, plus exacte-
ment, depuis son très voisin neurosous-système conceptuel
sortant, lequel n'use pas de mots mais en conceptualise la
substance sémantique logiquement, tu vas pouvoir te construire toi, visuellement et sensoriellement, en le « visualisant » et en le « sensorialisant », dans ton corps, projeté un
mètre plus loin, au bout de la « planche à braises », tel que
tu le seras à l'issue de l'expérimentation. Enfin, depuis ton
neurosous-système sortant motivationnel, il te faut, durant
toute l'expérience, te garder gagnant, sûr de toi, dans l'estime de soi et dans la certitude que tu aboutiras sans la
moindre brûlure : cette assurance produit aussi les neurotransmetteurs nécessaires à la réussite de l'expérimentation.*

Don Giovanni, un grand sourire aux lèvres, se leva,
alla devant le dispositif expérimental dénommé « *planche à
braises* », et, après s'être déchaussé et mis pieds nus, se
tourna vers les deux jeunes jedhumains et leur demanda :

*— Mes amis, ma sœur, mon frère : aurez-vous la
bonté de me prendre par les mains, pour m'accompagner
par-delà la peur qui m'assaille, car votre foi est immense, à
vous qui ne croyez pas en Dieu, alors que moi, je suis entré
dans la profession de prêtre parce que j'avais peur de la
mort, tandis que vous, vous explorez les mystères de Dieu
sans peur de mourir, car vous avez renoncé à votre vie,
dans une totale abnégation, parce que vous êtes au service
de l'Univers, au service de la Science, car ce que nous,
théologiens, appelons « Dieu » est déjà au-dedans de vous.*

Sans un mot, Tosh et Alex se levèrent et allèrent
chacun prendre une main de Giovanni qui traversa l'épreuve
des braises en se concentrant comme il lui avait été indiqué,
parvenant sans souffrance et les pieds sans cloques, au
bout du chemin.

16

Où les jedhumains peuvent passer à travers un mur, tels des protons

« S'il était possible de brancher l'œil sur le bout central du nerf auditif, on « entendrait », c'est-à-dire que l'on aurait une sensation sonore avec l'œil. En d'autres termes, une fois franchies les limites de l'organisme, la spécificité du signal physique est codée par la connectivité, son intensité et son évolution dans le temps le sont par les impulsions. »

Jean-Pierre Changeux[150]

Don Giovanni, rechaussé, revint près du pape Pierre et se rassit, ce pendant que, de même, Alex et Tosh nous avaient rejoint.

— Mes enfants, et toi Giovanni qui est toujours le premier à tout oser avec ton courage, depuis cette foi inébranlable qui te caractérise, nous dit le pape : *vous m'avez mis l'eau à la bouche : je suis très curieux de cette expérience consistant à traverser la matière que vous avez évoquée. Comment est-ce possible, comment vous y prenez-vous, comment nous en permettre, à nous, simples humains et transhumains, d'en vivre, comme vous, jedhumains, l'expérience ? Mais avant cela, je te demanderai, ma fille —* et il se tourna spécifiquement vers Taoshié *— de m'expliquer ce que tu as énoncé, il y a quelques minutes, lorsque tu m'as dit qu'il est possible de se libérer du goût d'une prune, jusqu'à décider, tout en en mangeant une, de se souvenir du goût de la fraise de telle sorte, finalement, de manger une prune qui… ait un goût de fraise ?*

---

[150] Jean-Pierrre Changeux, *L'Homme neuronal*, chapitre IV, « Passage à l'acte », Librairie Arthème Fayard, Paris, 1983.

— Votre Sainteté, lui répondit Toshiko, *en neurobiologie nous avons longtemps pensé que la sensation olfactive dépendait uniquement de la forme des récepteurs situés dans notre nez, ainsi que de la forme de telle ou telle molécule odorante y entrant, selon le principe d'une « clé » (la disposition formelle des atomes dans une molécule odorante donnée) entrant dans une « serrure » (une protéine réceptrice à l'extrémité d'une cellule nasale). Cependant, une molécule de cyanure d'hydrogène est composée d'un atome d'hydrogène, d'un atome de carbone et d'un atome d'azote*[151], *et nous offre à sentir l'odeur de l'amande. Or, une molécule de benzaldéhyde, qui offre à nos récepteurs une toute autre « clé », puisqu'elle est composée de sept atomes de carbone, six d'hydrogène et un d'oxygène*[152], *nous offre, elle aussi, à sentir l'odeur de l'amande. Ce qui signifie que le système de perception-sensation « clé-serrure » est le complément chimique d'un système de perception-sensation physique qui en détermine les modalités de « traduction » de la perception, lequel montre que le nez… « écoute ». Notre nez, Votre Sainteté*, conclut Tosh, *est, nous le comprenons ainsi, ici, tel l'embryon phylogénétique d'une oreille primitive !*

— Les molécules olfactives vibrent, compléta Alex, *et les récepteurs cellulaires de notre nez capturent ces vibrations qui sont celles « de l'amande », pour reprendre l'exemple de Tosh, malgré le fait qu'elles proviennent, quant au goût « amande », de deux molécules – HCN*[153] *et C^7H^6O*[154] *– très différentes l'une de l'autre. Le processus en est le suivant : les protéines-récepteurs de notre nez contien-*

---

[151] HCN

[152] C^7H^6O

[153] Cyanure d'hydrogène

[154] Benzaldéhyde

nent des électrons qui, en sautant, d'un atome à l'autre, provoquent la vibration des liaisons olfactives, telle notre main lorsque nous pinçons, telle ma sœur qui en joue, les cordes d'une harpe. Une molécule d'amande vibre à une fréquence précise : si, malgré des formes différentes quant à l'agencement de leurs atomes respectifs, le benzaldéhyde et le cyanure d'hydrogène vibrent à la même fréquence, ils auront, pour les récepteurs de nos nez, la même odeur.

— *Pour illustration*, reprit Taoshié « harpiquement » invitée par Alex à compléter son propos, *pensons à une molécule de senteur fruitée – d'orange, par exemple – et concluons ceci : si je veux en modifier le parfum, il me suffit d'en modifier la vibration.*

— *En effet*, reprit Alex, *la molécule d'orange contient plusieurs atomes d'hydrogène reliés par des atomes de carbone. Si je remplace les atomes d'hydrogène par des atomes de deutérium*[155]*, la forme de la molécule restera la même, mais elle vibrera différemment, car le deutérium est deux fois plus lourd que l'hydrogène et vibre donc plus lentement.*

— *Ainsi, Votre Sainteté*, conclut Toshiko, *comme vous l'expliquerait Danphil, notre cerveau, le cerveau des grands singes* sapiens *dans la peau desquels nous nous réveillons chaque matin, est – du moins après un entrainement conséquent de neuroconnectique transformationnelle – capable de manger une prune en décidant que cette prune ait, sur l'instant, pour lui, le goût de la fraise. Ce qui intervient, dans cette expérience, n'est pas la forme des molécules, mais la vibration de leurs électrons qui, ainsi modifiée, produit ce résultat.*

Un long silence marqua la belle impression que

---

[155] ^2H ou D (à l'origine de l'eau lourde : ^2H_2O ou D_2O)

produisit cette explication des deux jeunes gens. Puis John-You rebondit :

— Très saint Père, vous nous avez posé une question, il y a déjà quelques minutes, concernant l'expérience consistant à traverser la matière, nous demandant en substance : « Comment est-ce possible, comment vous y prenez-vous, comment nous en permettre, à nous simples humains et transhumains, d'en vivre l'expérience ? ». Pour vous y répondre, il nous faut vous expliquer quelques bizarreries de la physique *– du moins de celle régissant notre univers –*, afin que vous puissiez comprendre tout ceci et, ensuite, grâce au fait, comme vous l'ont expliqué Tosh et Alex, que nous nous sommes « chargés » afin d'être, aujourd'hui, telles des « piles de Volta » pour l'expérience que nous allons vous présenter. Puis nous allons, ensuite, procéder à une démonstration.

— Cependant, avant cela, poursuivit Alex, *nous devons vous parler du « vide ». Un accélérateur de particules est comme une grande bouilloire qui permet de réchauffer le vide quantique. Concrètement, les particules élémentaires, qui composent la matière nous constituant (et constituant les objets autour de nous), n'ont pas de masse. Elles en acquièrent une par leur interaction avec le vide. De ce fait, le vide quantique n'est pas vide.*

Après avoir regardé le pape Pierre, comme pour lui demander son accord, Don Giovanni interrogea Alex :

— Mon frère, ce que tu dis là signifie que les particules élémentaires n'ont pas de masse... Pourtant, j'avais cru comprendre qu'elles en avaient une...

— La masse, lui répondit Alex, *n'est pas une propriété intrinsèque des particules : elle est une propriété*

secondaire qui résulte de leur interaction avec le vide quantique qui, de fait, n'est pas vide, puisque, dans ce « vide », il y a un champ scalaire : le champ de Higgs.

— Un champ scalaire, expliqua Zelda, est un champ qui a la même valeur en tous points le constituant, et qui est représenté par un nombre.

— En effet, les particules n'ont pas de masse, ajouta John-You, mais elles interagissent avec le vide qui leur donne plus ou moins d'inertie. Cette inertie les « freine » et nous donne, depuis la compréhension ordinaire que nous offrent, de la réalité, nos cerveaux de grands singes, l'impression illusoire qu'elles ont une masse ; alors qu'en vérité elles n'en ont pas.

— Dix puissance moins treize (10^{-13}) seconde après le Big Bang, reprit Alex, au moment de l'apparition du champ de Higgs dans l'univers primordial, électrons et quarks n'avaient pas de masse (ou, du moins, pas de notre illusion de masse), ils circulaient donc à la vitesse de la lumière[156]*. Puis, soudain, apparut une brisure spontanée de symétrie, et apparut le boson scalaire de Higgs.*

— Chaque boson, reprit John-You, particule de spin entier (photons, gluons, bosons Z et W qui sont les quatre bosons de jauge du modèle standard de la physique), est associé à un superpartenaire, particule de spin demi entier semblable à sa particule associée (électron, proton et, donc, quark, muon, tauon, neutrino), excepté quant à son spin ; le quark, à l'intérieur d'un proton, par exemple, ayant, pour superpartenaire, une particule nommé « squark ».

---

[156] *(Cosmologie)* Dans l'univers primordial, au début du commencement, les chaleurs étaient telles qu'il n'existait pas de particules, mais uniquement une « soupe » de ce qui allait devenir, après un certain refroidissement, les particules que nous observons aujourd'hui.

— *De ce que vient de vous dire John-You*, reprit Zelda, *le muon est un cousin « lourd » de l'électron, produit par la collision d'un neutrino avec l'un des quarks... qui est à l'intérieur d'un des protons d'une molécule d'eau. Le muon, en se « créant » ainsi, produit une onde électromagnétique (rappelant le franchissement du mur du son par un avion) ; nous aurons l'occasion d'y revenir...*

— *Les particules quantiques*, reprit Alex, *ne sont ni des ondes ni des corpuscules, ni même un mélange des deux : elles sont capables de se superposer les unes aux autres. Une structure, dans laquelle on peut ajouter entre eux les états qui la compose, est appelée « espace vectoriel ». Pour comprendre l'essentiel de ces jeux de créations et de superpositions de la réalité à l'échelle quantique, il vous faut comprendre qu'un proton peut se changer*[157] *en neutron.*

— *Et, au niveau des grands singes dans la peau desquels nous nous réveillons chaque matin*, conclut Toshiko, *nous devons considérer que les échanges de protons (entendons : d'ions hydrogène, c'est-à-dire d'atomes d'hydrogène ayant abandonné leur neutron pour ne plus conserver que leur proton), dans chacune de nos cellules, peuvent être ainsi momentanément modifiés.*

— *De très récentes découvertes, du début des années 2040*, continua Alex, *montrent que, pendant quelques microsecondes, des protons peuvent se changer en neutron,*

---

[157] *(Physique)* Les quatre quarks (*strange*, *charm*, *bottom*, *top*) se changent rapidement en quarks *down* et *up*, ce qui permet à un proton de se changer en neutron ou l'inverse. La chaîne proton-proton (PP) est une réaction de fusion nucléaire se produisant au cœur des étoiles : sous une pression immense, deux protons peuvent se rapprocher assez jusqu'à ce qu'ils fusionnent. Mais ce noyau (PP) n'est pas assez stable, aussi, quasi instantanément, l'un des deux protons se change en neutron.

puis se rechanger en protons[158]*, le temps de… traverser un mur…*

— Nous avons expérimenté, depuis deux ans, continua Taoshié, *le fait que, « chargés » par notre technologie « minitokamak multicourbures », dirais-je pour simplifier*[159]*, nous pouvons traverser un mur, ou même charger pareillement un objet, ou un humain « ordinaire » (entendons : un non-jedhumain) et le lancer à travers un mur sans qu'il le heurte : il se dématérialise au moment où il le « touche » et se rematérialise dans la pièce voisine, derrière ce mur.*

— Ceci est possible, continua Alex, *parce qu'en touchant le mur, la matière corpusculaire de l'objet lancé se dématérialise et devient comme une onde (en réalité, ceci lui advient quelques millisecondes avant de « toucher » le mur ; le plasma, alors produit, générant, à cet instant, une forte chaleur immédiatement réabsorbée…) ; puis, retrouvant le non-mur, la matière corpusculaire de l'objet lancé se restructure, à nouveau, tel un ensemble de corpuscules.*

---

[158] *(Physique)* L'interaction faible permet aux neutrons de se transformer en protons tout en émettant des radiations. Elle n'agit que dans le noyau des atomes. Les bosons W^+, W^- et Z ont quatre-vingt-dix fois la masse d'un proton (ils sont donc très instables) : ils permettent de changer un proton en neutron ou l'inverse, selon la saveur de quarks, d'après le principe de la « désintégration β », sachant que sa variante, la désintégration ε, ou « capture électronique » est « un processus de physique nucléaire au cours duquel un noyau atomique déficient en neutrons absorbe un électron situé sur une couche électronique de l'atome », processus dont la conséquence « selon la loi de conservation de la charge électrique, est qu'il y a une transmutation de l'atome puisqu'un proton, en absorbant l'électron intrus devient un neutron, et émission d'un neutrino-électron pour conserver le nombre leptonique ; l'atome qui avait Z protons et N neutrons devient un atome avec $(Z-1)$ protons et $(N+1)$ neutrons ». (Source : https://fr.wikipedia.org/wiki/Capture_électronique).

[159] *(Sciences de l'ingénieur, Neurosciences, Littérature anticipative)* Simplification (en « minitokamak multicourbures ») de l'expression « minitokamak multicourbures relié à une lampe à plasma, connecté à un stimulateur magnétique transcrânien, lui-même connecté à chacun de nous neurofonctionnant alors en mode "neuroconnecté", entendons au stade III de veille mis en évidence par la recherche en neuroconnectique ».

— Je vous ai parlé d'un cousin « lourd » de l'élec-tron, le muon, reprit Zelda. *Ce que vous explique Alex est la fusion catalysée par muons. Il s'agit d'un procédé qui, depuis 2047, permet des réactions de fusion nucléaire sans aucune technique de confinement, via un rapprochement des noyaux des atomes, consécutif au remplacement de leurs électrons de liaison par des muons. Ce procédé, autorise la fusion nucléaire dans les conditions ambiantes de température et de pression*[160].

— Et nous sommes parvenu à le mettre en œuvre depuis nos propres corps, ajouta Taoshié, *parce que nous avons exploré certaines possibilités très étonnantes du cœur de nos cellules. Notre point de départ fut que le silicium se trouve étroitement associé à l'ADN, à l'intérieur du noyau des cellules, pour une fonction que nous avons identifiée comme étant précisément la transformation d'électrons en muons, ce qui a, pour voie de conséquence, de nous offrir à comprendre que nos cellules, sous certaines conditions, peuvent être le lieu d'une production de la fusion catalysée par muons. Nous en vînmes à des expérimentations depuis le fait qu'il existe une enzyme, dans la paroi des mitochondries, qui participe au transport du silicium vers l'intérieur de celles-ci et s'avère être associé au cycle de Krebs, ce qui nous conduisit à observer des structures fines, les sirtuines,*

---

[160] *(Physique)* « Les muons sont des particules élémentaires dont la masse est environ deux-cent sept (207) fois plus élevée que celle des électrons (~ 105,658 MeV/c^2 contre ~ 0,510 999 MeV/c²). Dans la matière « normale », ce sont les électrons qui, en assurant les liaisons chimiques entre les atomes, maintiennent une certaine distance entre les noyaux. Lorsqu'on leur substitue des muons négatifs, on obtient une matière « exotique » dans laquelle les noyaux sont deux-cent sept fois plus proches les uns des autres. La probabilité que les noyaux ainsi rapprochés puissent fusionner « naturellement » est alors fortement augmentée. Les muons agissent ainsi comme catalyseurs des réactions de fusion, la plupart d'entre eux y survivant et demeurant disponibles pour de nouvelles réactions. L'idée originelle de cette technique est due à Andreï Sakharov et à F.C. Frank qui en ont prédit les effets par des études théoriques. La principale difficulté pratique de ce procédé est le fait que les muons doivent être renouvelés en permanence, en raison de leur instabilité, la demi-vie au repos d'un muon étant de 2,2 microsecondes (2,2 10^{-6} s), et est surtout le fait de leur tendance à se lier aux noyaux d'hélium créés lors des réactions de fusion. » Source : https://fr.wikipedia.org/wiki/Fusion_catalysée_par_muons

qui ont compétence à rabouter les brins d'ADN cassés, et principalement à activer conjointement trois d'entre elles : Sirt5, qui, située à l'intérieur des mitochondries ainsi que dans leur espace intermembranaire, régule le métabolisme mitochondrial et permet, par conséquent, la production d'énergie supplémentaire à celle normalement nécessaire à notre corps, Sirt3 qui protège nos cellules du stress oxydatif, et Sirt7 qui, lors du stress occasionné par la transformation des électrons en muons, contrôle, principalement, la réparation des lésions et assure la survie de la cellule en, comme nous vous en avons parlé, la reconstruisant de manière ultrarapide ; chaque cellule surchauffant, se remplaçant, au fur et à mesure qu'elle chauffe, ne mourant donc pas malgré l'état de grande chaleur, état ionisé, « plasmique », que nous avons exploré.

— *De là*, conclut Alex, *en utilisant notre technologie* « *minitokamak multicourbures* », *nous disposons, individuellement, après entraînement neuroconnectique, de l'énergie pour tirer, du vide quantique : des fleurs !*

17

Quand nos « fantômes » ne sont que des résidus quantiques de nos pompes cellulaires

Explication des jedhumains :
comment l'empreinte protonique de notre intelligence est retenue prisonnière de notre univers et comment, en nous connectant à l'univers plus complexe qui le « croise », nous en libérer

> *« Car c'est aussi bien la relation entre microscopique et macroscopique qui devient désormais relative au problème de la stabilité. Le second principe* (de la thermodynamique) *définit, comme état attracteur, l'état d'équilibre thermodynamique d'un système isolé. Il garantit sa stabilité, c'est-à-dire la régression des fluctuations qui ne cessent de le perturber*[161]. *»*

Ilya Prigogine et Isabelle Stengers[162]

Taoshié revint diligemment sur un moment de l'expérience où, précisément, Don Giovanni s'était laissé aller à quelque confidence sur l'origine intime de son sacerdoce :

— *Lors de ta marche sur les braises, tu nous as*

---

[161] *(Phys.)* « C'est la stabilité de l'état macroscopique qui permet de donner sens à la description, en termes de valeurs moyennes, que constitue un système d'équations différentielles. Le déterminisme de ces équations s'enracine donc dans la possibilité de séparer les ordres de grandeur, de distinguer la valeur moyenne de l'activité microscopique fluctuante qu'il engendre. », Ilya Prigogine et Isabelle Stengers, *La nouvelle alliance*, « Préface à la seconde édition », p.17, Gallimard, Paris, 1979.

[162] Ilya Prigogine et Isabelle Stengers, *La nouvelle alliance*, « Préface à la seconde édition », Éditions Gallimard, Paris, 1979, réed. 1986.

déclaré, cher ami, cher frère, ta peur de la mort, de ta propre mort. Aussi, avant d'aller plus loin dans le programme d'expériences que nous voulions t'offrir, il nous faut te préparer mieux à ce que tu vas par toi-même découvrir.

— *En effet*, poursuivit Alex, *Tosh a raison et à tendresse de t'épargner ce que furent nos peurs aux premiers moments où nous explorâmes les ressources de cette nouvelle technologie : lorsque tu vois que tu peux traverser un mur, tu es entre l'émerveillement et la crise de nerfs, mais lorsque tu vois la matière, depuis une couleur passant à une autre, une forme se transformant en une autre, ou une substance se changeant en une autre, tu prends peur, non pas de ces peurs qui te causent une forte palpitation cardiaque et qui passent, mais de ces peurs qui peuvent te blanchir les cheveux en un instant et te marquer pour le restant de ta vie.*

— *Nous devons*, reprit Toshiko, *pour te protéger, te préparer, au sens de ce que l'on appelle « une prépa-ration », en neurobiologie*[163].

Le regard de Don Giovanni s'était soudain empli d'une inquiétude contenue quoique, pourtant, prégnante, laissant lire sur son visage qu'il paraissait s'expliquer à lui-même un fait qu'il n'avait pas saisi jusque-là :

— *Vous*, balbutia-t-il presque, tant il était empli par l'émotion, *vous parlez comme si vous n'étiez qu'un…, qu'un seul individu… dans deux !*

— *Oui*, lui répondit Alex, *Tosh et moi sommes devenus, entre nous, au fil du temps, depuis notre séjour*

---

[163] *(Neurophysiologie [Procédure technique])* Par exemple, une série d'électrodes implantées *dans* le crâne d'un chat, pour en étudier les phases composant les deux stades du sommeil profond. Ce chat, préparé pour une telle étude, est appelé « une préparation ».

martien : télé-empathes ! Au lieu d'être comme les humains ne neurofonctionnant qu'au stade I de veille – emprisonnés dans les sensations, les émotions et les réflexions se formant en nous intimement dans le sens de solitairement –, nous sommes neuroconnectés à autrui, depuis chaque individu auprès de qui nous sommes, dans chaque instant où nous sommes présents à nous-mêmes. Il s'agit là de neuroconnectique humaine dite « relationnelle », telle qu'elle est enseignée aux étudiants[164].

— *Et*, ajouta Taoshié, *à chaque fois que nous sommes réunis, puisque nous sommes deux humains* sapiens *pareillement non pas emprisonnés dans nos propres pensées, actes, sentiments, mais connectés à autrui, nous sommes dans une puissance mathématique double…*

— *Nous sommes « élevés au carré »*, compléta Alex, *tel qu'il en serait si nous étions non pas deux individus, mais quatre…*

— *De telle sorte*, reprit Tosh, *que lorsque nous sommes ensemble, nous sommes vraiment ensemble, dans l'instant présent, avec l'Autre, comme peuvent l'être des humains* sapiens *neurofonctionnant au stade III – et aux stades suivants – de veille. Aussi, rassure-toi, Ami, tu seras un jour semblable à nous, avec nous, et avec tous ceux et celles qui apprennent à se neuroconnecter.*

Don Giovanni parut apaisé. Alors Taoshié revint à son propos initial, lui disant :

— *La peur de la mort peut te conduire à des frayeurs, car ce que nous découvrons, en interface des deux*

---

[164] (*Neuroconnectique, Littérature scientifique*) Lire l'invitation, à la fin de ce livre, pour rejoindre l'un des groupes de travaux dirigés de l'Institut de Neuroconnectique et devenir étudiant(e) neuroconnecticien(ne), pour pouvoir participer aux travaux de recherche du Laboratoire Général de Microneuroconnectique Humaine (LGMH).

univers qui se « croisent », ressemble à ce que nous suppo-
sons être proche de notre mort.

— A l'École, expliqua Alex, en travaillant avec les
spécificités des deux jedhumains que nous sommes, Tosh et
moi, les posdocs de nos deux labos respectifs ont décou-
vert, à la croisée de leurs disciplines (physique des plasmas
et « biologie de la robustesse[165] *») un procédé permettant de*
produire la fusion muonique – je veux dire : celle catalysée
par des muons[166]*, dont nous avons beaucoup parlé*
aujourd'hui. Leur raisonnement était fondé sur l'usage
d'attracteurs[167] *de Poincaré, ajouta Alex : parce qu'en effet,*
dans l'objectif de générer de la matière depuis l'énergie qui

---

[165] *(Sémantique)* « Traduire » par : génétique moléculaire évolutive et médicale de la résistance aux facteurs de vieillissement.

[166] *(Enzymologie spéculative)* La « fusion par catalyse de muons » est une fusion chaude, non pas électronique mais muonique, que Daniel-Philippe de Sudres nous présente comme pouvant être effectuée par une biochimie enzymatique spécifique à de très hautes températures depuis une biologie moléculaire superaccélérée produisant une biologie cellulaire d'auto-renouvellement « permanent » de nos cellules (« permanent » entre guillemets, puisque ne se produisant que pendant le temps que dure la fusion muonique). La fusion par catalyse de muons est à distinguer de la fusion dite « froide », laquelle n'a pas été démontrée et reste donc ici hors de propos.

[167] *(Physique)* « Dans l'étude des systèmes dynamiques, un attracteur (ou ''ensemble-limite'') est un ensemble ou un espace vers lequel un système évolue de façon irréversible en l'absence de perturbations. Constituants de base de la théorie du chaos, au moins cinq types en sont définis : ponctuel, quasi-périodique, périodique, étrange et spatial (…). Il n'est pas toujours possible de calculer finement le comportement d'un système composé d'un très grand nombre d'éléments qui interagissent (par exemple un plasma), mais si on arrive à en déterminer un attracteur, on pourra, dans une certaine mesure, traiter le problème en travaillant sur celui-ci. Cette méthode se montre utile, en ce qui concerne les plasmas, dans les calculs de confinement des tokamaks. Quelques attracteurs spécifiques expli-quent aussi des cas de passage d'un état chaotique à un état ordonné, comme c'est le cas pour la fourmi de Langton ou pour les Planeurs dans le jeu de la vie de Conway. En règle générale, la connaissance des attracteurs permet de savoir partiellement (au moins statistiquement) ce qui va émerger du chaos, alors que la connaissance des éléments individuels du système chaotique n'y aide pas particulièrement. » ; Source : https://fr.wiki pedia.org/wiki/Attracteur.

habite le vide quantique, il nous faut nous assurer du passage de l'état chaotique à l'état ordonné de cette énergie, jusqu'à ce qu'elle devienne une matière ; d'abord dans un état de plasma très dispersé, hyperfluide ; puis, progressivement, après quelques transitions, dans un état ressemblant à ce qu'est, couramment pour nous tous, l'état solide.

— Ainsi, relança Tosh, *suffisamment « chargées », les « biopsycho-machines » que nous, humains* sapiens, *sommes (et en lesquelles nous habitons, du moins lorsque nous sommes conscients de cet état de « machines vivantes ») sont capables d'être des accélérateurs de particules, des interchangeurs de particules, ainsi que des attracteurs-variateurs allant du chaos à l'ordre et vice versa, pour reprendre l'explication d'Alex portant sur les attracteurs de Poincaré*[168]*. En soi, parce que nous sommes confrontés en permanence à l'univers 4-brane qui « croise » le nôtre, chacun de nous produit un début de dédoublement de toutes*

---

[168] *(Mathématique, Physique)* Relativement aux « attracteurs étranges » (non irréversiblement ordonnés, pouvant donc redevenir chaotiques, puis ordonnés), est à noter, depuis les attracteurs de Rössler qu'« On a travaillé jusqu'à présent sur des itérations, c'est-à-dire sur un système qui saute d'une itération à l'autre. Un tel système est *discret*. On trouve de tels systèmes en biologie, plus rarement en physique. Celle-ci travaille surtout avec les équations différentielles, c'est-à-dire sur un ensemble *continu* de variables. Une équation différentielle à une variable relie une fonction à ses dérivées. Un exemple fameux est la relation fondamentale de la dynamique, ou seconde loi de Newton, du type *force = masse·accélération*, reliant la force à la variation de la vitesse, c'est-à-dire à la variation de la variation de la position (dérivée seconde de la position). Un autre exemple, très courant en physique, est l'équation harmonique, du type $x''+]^2 x=0$; c'est l'équation du mouvement d'une masse ac-crochée à l'extrémité d'un ressort. Les mouvements correspondant à des systèmes d'équations différentielles du premier ordre, à une ou à deux va-riables, ne sont jamais chaotiques (...). Il ne faut pas confondre l'application de premier retour de Lorenz avec l'application de Poincaré. Une *section de Poincaré* est l'intersection de l'attracteur avec un plan que l'on prend en général perpendiculaire aux trajectoires ; l'application de Poincaré est alors celle qui permet de passer d'un point au point suivant ; le problème est simplifié, puisqu'au lieu de considérer les trajectoires entières, on s'occupe uniquement des itérés de l'application de Poincaré. » : agesperso-orange.fr/fractales%20et%20chaos1 /Chapitre%206.htm

ses cellules, et même des protéines se promenant en chacune d'elles. Par voie de conséquence : chacun d'entre nous possède une sorte de « double… holographique » de ses sensations, émotions, réflexions, actions, motivations voire cogitations.

— *Cet « holodouble »*, intervins-je adaptativement, puisque j'observai que le pape Pierre autant que son secrétaire exprimaient des regards d'incompréhension, *est simplement un enchevêtrement de protons et d'électrons – opérant, d'un point d'observation biologique, depuis le noyau de chacune de nos cellules autant qu'au niveau de leurs membranes – reconstituant, par exemple, le cheminement habituel de nos pensées voire des réflexions qui les construisent (comme il en est aussi de celui de nos actions et de nos motivations). Une plante peut modifier son exposition à l'ensoleillement en « bougeant » depuis ses racines, ou elle peut modifier la forme ou la senteur de ses organes sexuels – ses fleurs – pour attirer de nouveaux polinisateurs (des rats des champs, pour illustration) lorsque les anciens (abeilles, notamment) disparaissent de l'aire géographique où cette plante est localisée. Pareillement aux végétaux qui ne disposent pas, comme nous qui nous réveillons dans des revêtements animaux, de neurones pour véhiculer des protéines porteuses de cette intelligence adaptative, l'holodouble active (d'une façon rudimentaire – entendons : sans la chimie cellulaire de nos neurones – puisque par envoi simple de protéines) un presque équivalent du processus neuronal de sensations, émotions, réflexions, cogitations, motivations et actions, comme il en serait si nous agissions avec notre revêtement biochimique. Il n'y a pas les câbles : pas de neurones en d'autres termes, mais les connexions ont lieu avec les composants électroniques et protoniques cellulaires construisant nos pensées. Ainsi…*

— *Ainsi*, repris Zelda, généreuse, selon l'habitude qu'elle cultivait d'aider chacun(e) avec une bonté illimitée, et attentive à m'offrir une pause après ce long discours : *il nous est apparu évident, au regard de nos réflexions sur l'univers « croisant » le nôtre, que, lorsque quelqu'un meurt, son holodouble est une sorte de trace « vivante », une sorte de résidu « réactivable » de ce qu'était (corporellement, émotivationnellement et intellectuellement voire conceptuel-lement) ce « quelqu'un qui vient de mourir » ; ce « résidu » étant prisonnier dans les pierres, les murs des lieux où il existait, au-dedans de la cinquième dimension enroulée en « stücke », je veux dire : en « morceaux » séparés les uns des autres dans l'espace, un peu partout autour de nous et, cependant, reliés dans une même unité quantique intriquée.*

— *Ainsi*, l'épaula John-You toujours empli de son délicieux altruisme efficace, *nous avançâmes l'idée que tout est conservé dans l'enroulement des dimensions supplé-mentaires. Toutefois, lorsque nous sollicitons la matérialisa-tion d'un tel « holodouble*[169] *», nous obtenons l'apparition d'une sorte de « trace », la trace... « intelligente » de « quelqu'un » capable de neurofonctionner comme un être humain neurofonctionne dans sa vie quotidienne, quoique sans personne au-dedans de cet « holodouble », celui-ci étant juste tel un automate en « copie conforme » de l'humain dont il est issu, quoique capable de reproduire même la façon de s'émouvoir et de raisonner de cet être humain dont il est la copie : un « automate intelligent », en conclusion.*

— *Voulez-vous me dire, mon fils*, reprit le pape Pierre, *que, dans cette cinquième dimension, habiteraient de tels « holodoubles » qui émaneraient... de gens morts et, par conséquent, qui seraient des âmes de défunts, telles que nous les évoquent les mystiques de toutes les religions ainsi que des traditions chamaniques les plus lointaines,*

---

[169] *(Physiologie spéculative, Physique spéculative, Métaphysique)* Ce « double », d'après ce que nous en propose l'auteur, selon ce qu'il en a compris, est comparable, initialement – tant qu'il n'est pas matérialisé –, au champ magnétique qui isole le plasma en fusion, au cœur d'un tokamak, de la paroi de ce tokamak.

remontant jusqu'au paléolithique ?

— Non, très saint Père, lui répondit John-You, *il ne s'agit pas d'« âmes », mais simplement de ce « résidu » biochimique, de cet « esprit intelligent », de cette mise en fonctionnement automatique de la « copie » d'un cerveau, « copie » qui nous présente une intelligence fonctionnant sans plus avoir de neurones pour sentir, ressentir, réfléchir ou encore cogiter, motiver ou agir ; les cellules du mort étant mortes, mais ayant conservé, depuis un enchevêtrement de macromolécules[170] se structurant de façon semblable à ce que l'on appelle « protéines[171] », « l'habitude » de fonctionner de telle ou telle façon, tel qu'il neurofonctionnait, de son vivant, lorsqu'il avait des neurones bien câblés lui permettant de neurofonctionner, « l'habitude de neurofonctionner », comme vous le dirait Danphil, se perpétuant pour « l'éternité » – du moins pour une « éternité » durant tant qu'existe la planète Terre, d'une part, et tant que la « pile » que constituent ces structures, ne s'est pas vidée –, en lui : les pensées se pensent mécaniquement, les émotions et motivations se ressentent et se manifestent machinalement, et les gestes se rejouent automatiquement.*

---

[170] *(Chimie)* « Une molécule est l'assemblage chimique électriquement neutre d'au moins deux atomes, différents ou non, qui peut exister à l'état libre, et qui représente la plus petite quantité de matière possédant les propriétés caractéristiques de la substance considérée. » (Source : https: //fr.wikipedia.org/wiki/Molécule) » ; « Une macromolécule (ou molécule polymère) est une très grande molécule qui possède une masse molécu-laire relativement élevée, formée d'unités chimiques similaires entre elles assemblées par des liaisons covalentes, qui peut être décrite comme une molécule polymère, puisqu'un ensemble de telles molécules est un poly-mère. De nombreuses protéines peuvent également être considérées comme des macromolécules. (https://fr.wikipedia.org/wiki/ Macromolécule) »

[171] *(Biologie)* « Les protéines sont des macromolécules d'origine biologiques (et non pas synthétiques) présentes dans toutes les cellules vivantes. Elles sont formées d'une ou de plusieurs chaînes polypeptidiques. Chacune de ces chaînes est constituée de l'enchaînement de résidus d'acides aminés liés entre eux par des liaisons peptidiques. » Source : https:// fr.wikipedia. org/wiki/Protéine)

— De la sorte, mon fils, reprit le pape Pierre, *les morts invoqués seraient tels des automates reproduisant, pour chacun d'eux, ce que le défunt accomplissait de son vivant : ainsi, si je vous ai bien compris, lorsque vous entrez en connexion avec l'« holodouble » d'un grand peintre, son « résidu » se mettra à peindre sans que l'on ait accès à son âme. Et si je comprends très finement ce que vous nous expliquez, ce « résidu » peut être indifféremment celui d'un tel peintre… mort ou… encore vivant ! Mais… Comment donc en êtes-vous si sûrs ?*

— Sachez, très saint Père, reprit John-You, *qu'un soir de notre long séjour contraint sur la planète rouge, activant notre technologie « minitokamak multicourbures », telle qu'elle était alors (entendons : improvisée avec les moyens du bord), nous ne produisîmes pas l'apparition d'une fleur, comme nous le souhaitions, mais celle de notre amie, camarade et collaboratrice France. C'était un de ces soirs où, sur Mars, le climat est « doux » et frais, à la belle saison. France dormait parce qu'elle n'avait pas pu se joindre à nous à cause d'un « surplus de fatigue », nous avait-elle dit. Surpris de la voir apparaître devant nous, Ladis suggéra qu'Ingrid aille vérifier dans son espace « chambre » si France n'y était plus. Ingrid vit France là-bas, plongée dans un stade de sommeil profond, et revint nous le dire, quelque peu choquée du fait que France se trouvait aussi là, devant nous tous — excepté les enfants couchés ce soir-là — tout normalement.*

— La « France » qui était là, matérialisée depuis le vide quantique, devant nous, poursuivit Zelda, *avait toutes les caractéristiques de la « vraie » France : elle nous regardait « normalement » et nous parla tranquillement en répondant à nos questions qui, pourtant, furent aussi étonnantes que la situation l'était, telle que celle posée par Tchao : « Es-tu bien France ? », à laquelle l'holodouble répondit, avec le franc parler habituel et très québécois de notre France, par un : « Bien sûr ! Et qui donc voudrais-tu que je*

sois ? »

Don Giovanni lorgna vers le pape Pierre, lui demandant la permission de poser une question le taraudant, qu'il formula ainsi :

— Mes amis, ce que vous nous dites-là ébranle mes convictions jusqu'à m'en donner presque le frisson. Ainsi, les « fantômes », dont parlent les bonnes gens, ne seraient pas l'expression de l'âme des morts[172], mais celle de ce « résidu biochimique » dû à une matérialisation partielle, entre plasma et matière solide émanant du vide quantique sous les conditions de « croisement » de l'univers 4-brane voisin de notre univers 3-brane, que vous avez réussi à activer depuis votre nouvelle technologie ! Mais avez-vous reproduit votre étonnante expérience pour vérifier qu'elle soit bien

---

[172] *(Zététique, Psilogie)* Tandis que des manifestations de silhouettes blanchâtres d'aspect humanoïde sortant de « nulle part » et des manifestations de processus produisant des poltergeists (objets se déplaçant sans intervention humaine, hors des lois connues de la physique) sont qualifiées de « fantômes » et supposées – par les tenants du spiritisme – être des manifestations de défunts, une équipe de chercheurs, sous l'égide de la Toronto Society for Psychical Research, représentés par le mathématicien A. R. George Owen et le psychologue Joel Whitton, a supervisé une expérience de nature zététicienne pour prouver que nul défunt, nulle « âme » n'habite ces phénomènes (https://en.wikipedia.org/wiki/Philip_experiment), lesquels phénomènes seraient uniquement dus à des fluctuations d'énergie passant par des cerveaux humains réunis sous certaines conditions (celles employées par les spirites – extrême régularité des réunions, doigts des participants se touchants en chaîne, silence et semi obscurité, ambiance de type « spirite » générant usuellement la formation de protéines *hsp*, dites « de choc thermique », activables par la peur, etc. – quoique en remplaçant les croyances spirites par une posture rationaliste d'exploration neutre de l'expérience). L'expérience a durée cinq ans (1972–1977). Son protocole d'expérimentation mentionnait de conceptualiser un « fantôme imaginaire » dont le prénom (Philip), le nom, l'histoire... furent complètement créés par les superviseurs de l'expérience (A. R. George Owen et Joel Whitton) et ses expérimentateurs (Iris Owen, Margaret Sparrow, ancienne administratrice de Mensa Canada, Lorne H., designer industriel, et son épouse Andy H., Al Peacock, ingénieur thermicien, Dorothy O'Donnel, Bernice M. et Sidney K., étudiant en sociologie).

la réalité[173] [174] *?*

— Oui, Don Giovanni, reprit John-You, lorsque le « fantôme » de notre très vivante France se dissipa, nous délibérâmes pour comprendre rationnellement, et le plus scientifiquement possible, ce qu'il nous était advenu, en essayant de consigner par écrit tous les détails de cette surprenante aventure. Évidemment, le lendemain matin,

---

[173] *(Zététique, Psilogie)* La conclusion de l'expérience « Philip » (dont des films montrant des tables se déplaçant horizontalement, voire s'élevant à la verticale au-dessus des participants, ou se retournant, les pieds en haut, sans aucun truquage possible) suggère que le cerveau humain *sapiens*, selon des protocoles d'expérimentation stricts, permet la production de « *pensée-formes* », entendons : la manifestation matérialisée des pensées des membres du groupe. Bien qu'issue de la conceptualisation, d'origine intellectuelle et sensorielle, et de la décision, soutenue, des participants, la « *pensée-forme* » (« *thoughtform* ») dite « égrégorielle », nommée « fantôme Philip » (« Philip the ghost ») fut concrète et perceptible par tous, y compris par des personnes hors du groupe. La manifestation put ensuite se détacher de ses créateurs et devenir indépendante de leur volonté, tel un véritable fantôme… artificiel.

[174] *(Zététique, Psilogie, Neuroconnectique)* Le concept d'« égrégore », ici concrétisé depuis l'expérience « Philip », est similaire à celui du *tulpa* dans le bouddhisme lamaïste tibétain et mongol, issu du chamanisme *bön*. Le fantôme artificiel Philip fonctionne telle une sorte de *tulpa*. D'autres expériences analogues furent tentées, notamment sous le contrôle de Louis Bélanger et de ses collaborateurs, du département de psilogie de l'université de Montréal. Elles ont démontré qu'il n'y a rien de « paranormal » ni de « surnaturel » dans tout ceci, qu'il s'agit simplement d'un fonctionnement naturel inhabituel des « machines biologiques et psychologiques » que nous sommes, nous humains *sapiens*. La recherche en neuroconnectique humaine se prépare à revisiter l'expérience sous l'angle des connexions neuronales accompagnant les expérimentateurs, lors de la production de tels phénomènes. Par définition, la psilogie est le nom d'une activité scientifique se concentrant sur l'étude des phénomènes dits « paranormaux » ou « *psi* » . Plus neutre que l'appellation classique de « métapsychique » ou celle de « parapsychologie », elle recouvre néanmoins le même domaine. La « psilogie » a été popularisée au Québec par Louis Bélanger, élève de Hans Bender. Au Canada, des cours sont donnés dans les universités et les collèges, notamment à l'Université de Montréal. Dans ce cadre fut notamment créé le fantôme artificiel Axel, fabriqué pour anticiper le futur proche. On y trouve la Société Québécoise de Psilogie. D'après http://dictionnaire. sensagent.leparisien.fr/Psilogie/fr-fr/ reprenant https://fr.wikipedia.org/w/index.php?title=Psilogie&oldid= 56456346, et les archives du Ministère de l'Education du Québec (Introduction à la psilogie : 350-350-77).

nous questionnâmes notre amie France sur le fait qu'elle put, ou non, avoir souvenir d'une discussion avec nous en pleine nuit. Elle fut d'abord très surprise de nos questions, mais soudain lui revint un rêve où, en effet, nous étions dans notre « réfectoire » en train de parler tous avec elle en la considérant « comme si j'étais une étrangère et cependant moi-même », nous dit-elle, allant jusqu'à nous donner des détails tels que : « Tchao commença par me demander si j'étais bien moi… ». Elle se rappela qu'Ingrid avait pris son pouls, contrôlé sa respiration et conclu qu'elle était « normale, comme la vraie France… », tout en se souvenant qu'Ingrid nous avait dit alors, à tous : « Pourtant, ce n'est que son double, puisqu'elle dort dans son lit ». Ceci s'était bel et bien passé en réalité, et nous lui dévoilâmes toute cette étrange séance de « matérialisation », très étonnante pour nous tous.

— Après cela, continua Zelda, *après avoir débattus d'une éventuelle hallucination collective ne cadrant pas avec les faits, nous rappelant chaque détail depuis les souvenirs de chacun d'entre nous et depuis ceux de France elle-même, nous reprîmes nos notes et résolûmes de comprendre exactement la démarche nous ayant permis de produire un tel phénomène.*

— C'est alors, et je souhaite que Votre Sainteté et vous, Don Giovanni, entendiez bien mon propos, intervins-je, *que nous décidâmes d'explorer un protocole d'expérimentation auquel nous inviterions les enfants, parce que France avait très peur de « cette autre moi-même qui n'est pas moi tout en étant moi », comme elle nous en parla pendant plusieurs jours, à la limite de l'effroi.*

— Après quelques échecs de la courageuse Tchao, suivis d'une peur avérée de nous tous   – j'entends vous dire : de nous… les « adultes » –   d'explorer pareil « dédoublement » bilocatoire, reprit Zelda, *la surprise nous vint*

de Tosh qui nous dit être volontaire pour l'expérience.

— Par le procédé que nous avions innové sur Mars, réintervint Taoshié *en relayant Zelda – consistant en une prière disant : « Père chéri, envoie-nous nos frères et sœurs pertinens ! », où nous neuroconnections notre émotion-motivation, notre souvenir des aspects visuels et auditifs d'Arnold, Carla, Hilda et Rachel, et notre décision forte de les sensoriser apparaissant visuellement, auditivement, tactilement et kinesthésiquement devant nous, tout ceci neuroconnectiquement complété de notre respiration ferme au souffles lancés par petits bouffées intenses et régulières – nous appelâmes Carla, Hilda et Arnold.*

— A notre grande surprise, ce jour-là, poursuivit Alex, *après que nous eussions entendu comme un coup de tonnerre et vu un éclair traverser l'espace, devant nous, nous apparut Rachel entourée de Carla et d'Hilda qui étaient aussi lumineuses qu'elle, dans une blancheur éblouissante ; Hilda nous disant : « Jeunes frère et sœur sapiens, Rachel a réussi à nous transmettre l'état dont elle a hérité des Habitants et nous devenons, nous aussi, tout aussi vibrantes qu'elle. »*

— Sachez, très saint Père que nous, les « adultes », interrompit John-You, *étions terrorisés et éblouis tout à la fois par ce qu'il nous était donné de contempler : des humains d'une espèce différente de la nôtre irradiant d'une telle luminosité.*

— Luminosité impossible depuis les lois de la physique que nous connaissons dans notre univers, précisa Zelda, *car une telle lumière nécessiterait une énergie colossale et brûlerait nos corps. Or, les trois jeunes filles pertiniennes respiraient sereinement, nous souriant avec une grande bienveillance, n'exprimant ni épuisement ni souffrance.*

— Alors, reprit Toshiko, *je leur exposai notre objectif et leur demandai leur aide pour parvenir à non pas*

« *dédoubler* » France, mais pour tirer une rose jaune et orange du vide quantique.

    — *Après nous avoir demandé*, reprit Alex, *si nous étions capables de nous souvenir – nous souvenir vraiment, comme si nous y étions, tel que cela se produit lorsque nous explorerons le stade III de veille – d'un champs de telles roses, depuis leurs odeurs autant que depuis leurs couleurs, voire par le souffle du vent les agitant, nos sœurs pertiniennes nous offrirent de longues explications claires sur le fait que, d'après ce que leur ont enseigné les Habitants, chacun d'entre nous, et tout ce qui existe, est dédoublé dans le feuillet d'univers intermédiaire qui résulte du « croisement » des deux univers, nos « doubles » pouvant se décliner soit, premièrement, en de simples « ombres » furtives, soit, deuxièmement, en des « ombres » plus consistantes répétant indéfiniment un même comportement, tels des automates à la programmation bloquée, tel qu'il en serait de « disques rayés », et, troisièmement, selon notre effort de conscience et d'intelligence, ou non, tout au long de notre vie, pouvant se décliner en résidus biochimiques ou, selon votre langage de théologiens, en « esprits intelligents »,* Hilda nous enseigna comment procéder pour tirer précisément une rose du « vide ».

    — *Carla*, ajouta Tosh, *nous dit avec un grand sourire : « Je vais vous dire ce que vous n'allez pas comprendre immédiatement, mais qui vous aidera à progresser ultérieurement : c'est précisément le jour où Hilda et moi venons d'en arriver au niveau de Rachel – malgré que nous soyons décalés dans le temps puisque nous appartenons à votre futur – que vous nous appelez pour atteindre le niveau qui sera le vôtre bientôt ! »*

    — *Serait-ce tel un électron, d'une couche proche de la périphérie de son atome, éjecté vers la couche de valence – ou couche électronique la plus externe d'un atome –, ou éjecté hors de l'atome, lors d'une transition ?, lui demandai-je*, ajouta Alex.

— *Oui, Alx, lui répondit Carla*, reprit Tosh : *ou tel un électron se transformant en muon : l'Énergie, qui relie tout dans les univers que nous visitons grâce aux Habitants, est comme une cinquième force, telle une interaction qui produit la complexification, entendons l'évolution ; une « interaction transférantielle ».*

— *A ce moment-là se produisit un double phénomène qui me convainquit de l'immense conscience des pertinens*, l'interrompit Zelda : *je réalisais soudain que j'avais spontanément pris la main de Kath et d'un regard, je découvrais qu'elle avait pris la main de John-You, qui tenait celle de Ladis : nous nous tenions tous par la main.*

— *L'autre partie de ce phénomène, très saint Père*, ajouta John-You, *fut qu'au moment où Zelda regarda vers nos mains, Rachel, comme si elle lisait dans sa conscience, lui dit : « Oui Zelda, mère de Tosh par tout l'amour que tu lui prodigues, vos mains se sont réunies sur mon ordre sans que j'aie besoin de vous parler, car ainsi nous sommes tous ensemble, comme un seul, comme une synapse géante, depuis nos neurones miroirs et les vôtres à vous*, sapiens *qui, sachant vous neuroconnecter, savez atteindre le stade II de veille couramment ; ainsi tout est possible entre les deux univers, celui des Habitants et celui qui est encore le vôtre. »*

— *Alors*, reprit Taoshié, *j'appris ce que m'enseignèrent nos sœurs pertiniennes et, sur leurs conseils et sous leur dictée, je vécus les états suivants : concentrée sur ma respiration, que je développais de façon hyperventilée, je pus connaître des palpitations, des douleurs respiratoires frôlant les crampes puis de légers débuts d'évanouissements que réglaient Carla et Hilda par des souffles de « vent » qu'elles m'envoyèrent en pleine figure, à ces moments-là, lorsque je… « partais », telles de petites gifles chaudes, revigorantes, apaisantes et rassurantes. Puis je connus une période « épileptoïde », où je me sentis partir en des convulsions nombreuses et violentes, et où je sentis et vis un « plasma » – sorte de matière filandreuse telle une très dense toile d'araignée aux allures de méduse – sortir de l'un de mes avant-bras ; à la suite de quoi vint, par impulsions, une période « hystériforme » où j'eus l'impression qu'une « conscience » voulait entrer dans le « matériau » sorti de mon avant-bras, pour l'animer. Vint ensuite une période « polymorphe » où le « matériau », sorti de mon avant-bras, prit progressivement la forme d'une rose blanche issue d'une queue blanche elle aussi, que je pus, de mon autre main, prendre entre mes doigts. Et fut, enfin, la période où cette « rose » redevint telle une toile d'araignée en « méduse », à la suite de quoi cette « matière » réintégra mon avant-bras, tandis que ma conscience redevenait ce qu'elle était usuellement, ce pendant que le sentiment de délivrance et de retour à mon bien-être m'envahissait heureusement.*

— *Après quoi*, revint Alex, *Rachel prit la parole et nous dit : « Bientôt, votre rose apparaîtra avec les couleurs qui sont dans votre souvenir ; et bientôt, elle n'aura plus besoin d'émaner du corps de l'un de vous : elle sera directement dans l'air, devant vous ; et bientôt, vous pourrez être entourés d'un parterre de roses qui embaumeront tout l'amour que les Habitants ont pour nous, depuis leur univers plongeant dans le nôtre. »*

Suite à ces révélations, nous vîmes le pape Pierre II joindre ses mains, la tête baissée et les yeux clos, comme en profonde méditation. Puis, il rouvrit ses paupières, redressa la tête, posa ses mains sur ses genoux et nous dit :

— *Même l'archange du Mal, s'il assiste à pareils*

prodiges, ressent la compassion immense qui lui vient de ce que nous, théologiens, appelons « Dieu » et que vous, jedhumains, appelez « l'Énergie » ou, si je vous ai bien écoutés : « l'interaction transférantielle ». Voudrais-tu parler Giovanni ? Ose t'exprimer mon jeune ami.

— Oui, oh saint Père, répondit Don Giovanni empli de joie : *j'avais peur de la mort, de ma mort, mais en écoutant ces paroles, je me ressens transporté au-delà de mes peurs. Ai-je raison ou suis-je dans l'erreur ? Qu'en dites-vous, toi mon frère et toi ma sœur ?*

Don Giovanni était visiblement et audiblement bouleversé par ce qu'il venait d'entendre. Aussi, Alex lui répondit :

— Mon ami, mon frère : avec l'aide de nos « adultes », les jours, les semaines et les mois qui suivirent ce micro-événement, nous discutâmes de cette question de la mort et, puisque sur Mars nous n'avions que des « holodoubles résiduels » de gens vivants, nous pûmes à loisir étudier la matière en question qui émanait généralement des avant-bras de Tosh, puis de Tchao et de France qui eurent le courage de tenter l'expérience avant John-You, Ladis, moi-même et quelques autres…

Le pape Pierre était ébloui. Il nous demanda encore comment nous expliquions tout ceci scientifiquement, et comment relier ces composants de l'être, lorsqu'il meurt, pour lui assurer de continuer d'être « un vivant » et non pas simplement un « automate intelligent » dans la cinquième dimension. Sa question cruciale finale étant :

— A vous entendre, mes enfants, ce que nous, théologiens, appelons « l'esprit », comprenons : la compo-

sante pensante, raisonnante, intellectuelle et conceptuelle de notre individu, serait simplement ce que vous, scientifiques, appelez : une réalité biochimique, due au feuillet d'univers dédoublant le nôtre, produit par l'univers à cinq dimensions « croisant » le nôtre, « réalité biochimique » reproduisant le neurofonctionnement de nos sensations, émotions, réflexions et autres motivations et actions. Mais que devient alors notre âme ou, disons, selon votre compréhension, ce qui nous anime, ce qui nous donne sens, ce qui nous donne envie de vivre chaque jour ?

Nous lui expliquâmes que la cinquième dimension était un piège qu'il nous fallait éviter, que le bon lieu était pour nous la dixième. Nous lui précisâmes que, pour s'y rendre, d'après ce que les *pertinens* avaient expliqué tenir des Habitants – à nos « enfants » – nous devions être munis de cinq attributs, sans qu'il en manquât un seul.

Le premier de ces attributs étant le « double » qui, produit par l'interface du second feuillet d'univers, celui dédoublant le nôtre – à l'origine de l'énergie nous permettant de produire, depuis « rien », de « matérialiser » en d'autres termes, des « objets », voire des expressions du vivant, pour exemple : des fleurs – naît en même temps que chacun, chacune d'entre nous, individuellement, et qui est telle une réserve d'énergie, de l'*Énergie* reliant et harmonisant l'intrication dans les univers que les Habitants connaissent, dont le leur et le nôtre en chacun et chacune d'entre nous, énergie que, telle un « souffle de vie », nous gaspillons en peu de temps ou nous économisons en respirant calmement tout au long de notre existence.

— *Cependant, mes enfants*, nous demanda le pape Pierre : *pourriez-vous m'en dire plusss quant à cette énergie, quant à sa source en chacun de nous ?*
— *Oui, Votre Sainteté*, lui répondit Tosh, *nous*

pouvons vous préciser aujourd'hui qu'elle est une énergie agissant depuis nos mitochondries, développant une sorte de matière filandreuse puisant dans notre propre matière (voire dans les vêtements que nous portons sur nous lors de l'expérimentation), matière qui nous permet de nous dédoubler, et qui peut aller jusqu'à embrasser un lieu, pour le protéger, l'aimer, lui offrir des « pouvoirs » : le lieu où tout réussit, le lieu où est possible l'amour, le lieu où l'on rencontre des gens biens, le lieu où l'on aimante les vrais amis : ceux qui sont semblables à nous-mêmes.

— *Mais aussi,* compléta Alex, *le lieu qu'est notre corps, même mort, tel, pour prendre un mot que vous, théologiens, comprendrez : un "temple" dont nous pouvons sortir tout en restant dans l'énergie correspondant à sa forme, lequel peut apparaître ailleurs, toujours "formellement", dans une substance de même chimie, quoique au loin.*

Le pape Pierre et son secrétaire particulier restèrent, pendant plusieurs secondes, silencieux. Puis Don Giovanni osa demander à Alex et Tosh :

— *Mes amis : ma sœur, mon frère, il me brule de vous questionner sur ce qu'a évoqué notre très saint Père : et l'âme dans tout cela ?*

— *Il nous est malaisé de vous répondre,* lui répondit Toshiko, *parce que ce que vous, religieux, appelez ainsi, désigne un principe « spirituel » qui, si je le reformule, tel que nous l'avons compris puis conceptualisé après avoir vécu nos nombreuses expériences, prend son envol à la mort du défunt, et donc représente l'énergie de déplacement, de dialogue et de transformation inhérente à chaque individu. Il s'agit d'une puissance sans limite quand l'individu a exercé sa volonté la plus intense, laquelle est accessible à chacun dès le stade III de veille.*

— Compris dans l'acception que vient de formuler ma sœur, reprit Alex, « l'âme » est l'un des cinq attributs qu'il nous faut maintenir conscient à notre mort si nous voulons voyager à l'envers : passer de la matière à l'énergie du vide quantique, dans la dimension intermédiaire. Ceci implique et nécessite de savoir nous rendre conscients de notre existence en cet instant-même, en exerçant notre volonté et notre intentionnalité le plusss possible.

— Mais, relança le pape Pierre, *mes enfants, ces « attributs » sont-ils des « corps*[175] *» ?*

— Nullement, Votre Sainteté, répondit Alex, *il s'agit de la matière potentielle, préexistante dans l'énergie du vide, qui se forme et se déforme, disparait, réapparait, et que seule notre « conscience » peut tirer réellement du vide*

---

[175] *(Yoga, Zététique, Neurobiologie)* Diverses sectes *new age*, de sots vaniteux s'essayant à paraître comprendre les textes védiques sans même savoir ''lire'' le sanskrit (entendons : saisir la pensée pré-hidouistanique que contiennent ces textes), ou les textes égyptiens sans comprendre les subtilités d'une société ancienne où l'on pensait que les rêves étaient des aperçus du « royaume des morts », évoquent le fait que nous serions composés, en plusss de notre « corps physique », de... corps (sans guillemets, parce qu'au plein sens du terme) dénommés : « éthérique », « astral », « mental » (*manomaya-kosha*), « causal » (*vijñâmaya-kosha*), « d'éveil » et « âtmique ». Au regard des érudits sérieux, cette sotte interprétation correspondrait à celle-ci : concevons des gens privés d'intelligence et donc de raisonnement logique qui, après une catastrophe les ayant renvoyés à la technologie primitive du dix-septième siècle, depuis un retour à l'ignorance absolue en matière d'anatomie et de physiologie, auraient lu que le cœur humain est une « pompe cardiaque » et en auraient déduit (depuis leur ignorance extrême et leur « intelligence » frôlant la stupidité extrême) que l'on peut représenter un cœur humain par... le dessin d'une pompe à vélo ! Les « corps » décrits dans les textes védiques et égyptiens ne sont absolument pas représentables par de ridicules « corps subtils » qui nous entoureraient ou nous formeraient à l'image de notre corps physiologique, cette très grossière interprétation émanant d'une foule de cerveaux stupides est navrante et éloigne de la juste compréhension de processus, en soi, réellement intéressants.

quantique et stabiliser, ou l'y renvoyer[176].

Après un bref instant de silence, Taoshié reprit la parole en disant :

— Giovanni, toi en qui, à l'instar de mon frère, je ressens la pureté de ta quête, de ta foi, comme l'a dit Sa Sainteté, quitte la souffrance que te cause la peur de ta mort, et écoute bien attentivement ce que nous enseignèrent nos trois sœurs pertiniennes, comme le leur ont enseigné les Habitants, car, lorsque tu réunis les attributs dont mon frère et moi te parlons, tu – de tout toi, de toute ta cons-cience – tires du vide quantique un corps semblable au tien, qui progressivement prend substance et forme, quoique d'une « chair » différente, et qu'ensuite tu pénètres et dans lequel, ensuite, tu peux continuer d'exister tant que tu te rappelles de toi en réunissant, solidement connectés entre eux, ces cinq attributs.

— Après l'attribut qui porte en lui ce qui nous donne la force de bouger et celui qui assure nos déplacements, reprit Alex, *il y a ce que nous pourrions appeler « la neuro-programmation » de tous tes automatismes : cet attribut est l'« ombre » du défunt : lorsque, durant sa vie, un individu n'est pas dans la Vie – entendons : pas dans le rappel de*

---

[176] *(Yoga, Zététique, Neurobiologie)* Les « corps » évoqués dans les *Védas* (le *Mahabharata*, dont la célèbre *Bhagavad-Gita*, les *Upanishad*, etc.) ne sont évidemment pas des "corps" – au sens premier, naïf, du terme "corps" – qui entoureraient notre *corps physique*. Dans plusieurs siens ouvrages, Dan-Phil explique que les soi-disants « corps émotionnel supérieurs » et « corps intellectuel supérieur », dans ce panthéon de « corps », sont, en vérité, depuis un angle d'observation neurobiologique, de simples modes de bio-fonctionnement de notre corps, certes complètement inhabituels, mais tout simplement résultant de connexions neuronales spécifiques, modifiant notre neurofonctionnement cérébral (et permettant l'exploration de stades d'éveil très lucides), auxquelles se livraient les radja yoguis et les siddhi yoguis, et sur lesquelles travaillent scientifiquement les étudiants-chercheurs en neuroconnectique.

mémoire de lui-même conscient de soi, d'instant en instant, qui commence à se manifester dès le stade II de veille, en neuroconnectique –, quand il neurofonctionne, pendant toute son existence, tel un automate. Cette « ombre » est la mémoire épisodique de ta vie, elle inclut même ce qui paraissait être ton caractère, ton comportement.

— Ensuite, Giovanni, continua Tosh, *il y a l'attribut de conscience de ce qui rend ta vie efficace, utile ; plus tu oublies ton égoïsme en décidant de servir la vie, le vivant, le multivers, et plusss tu développes cet attribut-là. Il est ton état d'être… à la vie. Il est l'attribut qui te rend impérissable, car il te connecte à ta nécessité même d'exister.*

— Enfin, mon ami, mon frère, acheva Alex, *il y un mécanisme puissant qui te relie à tout, qui est la « magie » de la foi, cette grande foi, immense, qui est tienne, qui te convainc que tu peux tout. Cet attribut t'assure de pouvoir continuer de transformer de l'énergie en matière, depuis le « vide ».*

Très ému, Don Giovanni joignit les mains et dit :

— *Je vous prends dans mon cœur, mes amis : grâce à vous, je sais pouvoir continuer d'exister et de progresser, car je vous l'avoue, ma plus grande peur, devant tout ce qui se dit de l'après vie, n'était pas tant que la mort soit une fin définitive, mais qu'après il y ait une sorte de métensomatose ou autre « réincarnation », que tout soit oublié et qu'il faille tout recommencer, depuis la naissance, l'apprentissage de l'existence humaine, l'enfance, dans un absurde infini retour. Je comprenais le discours de l'Église quant à la résurrection, mais je ne savais pas comment le rendre réel, pour moi-même déjà.*

— Sois heureux, mon frère, conclut Taoshié, *car Rachel nous a assuré que, lorsque nous saurons suffi-samment activer et conserver actifs ces cinq attributs, parce que nous serons suffisamment neuroconnectés, alors nous pourrons « ressusciter », comme vous dites, vous autres chrétiens, non pas en imagination, mais réellement et, plusss encore, quand nous saurons « ressusciter » nous-mêmes, nous pourrons en ressusciter d'autres en les nommant par leur nom et en invoquant chacun de leurs cinq attributs, afin qu'ils se recomposent soit dans leur viande ordinaire, soit, mieux encore, notamment s'ils sont morts depuis longtemps, dans cette « chair de méduse » rappelant des fils d'araignée, qui peut suffire pour exister dans l'une des dimensions désenroulées.*

18

Quand les jedhumains produisent d'étonnant phénomènes

« Si les protons étaient 0,2% plus lourds, ils se désintégreraient en neutrons et déstabiliseraient les atomes. »

Stephen Hawking[177]

Taoshié et Alex, assis côte à côte parmi nous tous, qui nous donnions tous et toutes les mains dans ce cercle d'amis, nous rappelèrent qu'ils s'étaient suffisamment « chargés », depuis notre technologie « minitokamak multicourbures », et évoquèrent, en le désignant de leurs regards, le tabernacle inusagé, sombre et recouvert de belles marbrures, situé au centre du salon où nous étions, Tosh disant :

— *Votre Sainteté, et toi Giovanni, mon frère,* voudriez-vous qu'une rose éclose soudain au milieu de cette croix ?

— *Si,* ajouta Alex, *vous le voulez intensément et que vous fournissez l'effort de générer en vos cerveaux, depuis votre mémoire visuelle voire, si vous y parvenez, aussi depuis votre mémoire olfactive, le fait de vous représenter une rose rouge vif, éclose à l'intersection de la croix, sachez qu'en neuroconnectant cette ferme motivation et cette précise représentation avec la vision qui s'offre à vous de cette croix sculptée au-dessus de ce tabernacle, alors votre travail, comme tout « travail » se comptant en joules, en*

---

[177] Stephen Hawking & Leonard Mlodinov, *Y a-t-il un grand architecte dans l'Univers ?*, chapitre 7, « le miracle apparent », Odile Jacob, Paris, 2011.

sciences physiques, va se multiplier, en puissance, au nôtre, et nous allons donner substance et couleur à cette fleur.

Après quatre ou cinq minutes de concentration, où les deux jeunes gens inspiraient et expiraient fortement l'air ambiant, en un même rythme que nous copiâmes tous, par neurones miroirs interposés, me parut apparaître une rose rouge vif sur la croix surmontant le tabernacle.

— *Mes amis*, demanda alors Tosh, *la voyez-vous ?*

D'abord hésitant, quoique, ensuite, en proie à une joie indescriptible, A. osa lui répondre :

— *Oui Tosh, et je la sens même : elle embaume !*

En effet, depuis le même moment, nous avions progressivement tous vu apparaître la fleur, et, maintenant, nous sentions tous ce parfum de rose d'autant plus surprenant qu'il était très intense, ce pendant qu'il n'émanait que d'une seule unique fleur.

Quand nous fûmes tous apaisés, la rose jaillissant mystérieusement du cœur de la croix, tel qu'il en eût été si un trou y avait été creusé pour en recevoir la tige, ce qui n'était pas le cas, Don Giovanni, ému mais réaliste, nous dit :

— *Il s'agit d'une magnifique hallucination collective !*

Alors Alex lui répondit :

— Lève-toi, mon frère, et va toucher la rose, puis dis-nous si elle disparaît à ton approche ou si elle est sans consistance lorsque tu la prends entre tes doigts, et dis-nous si elle est illusoire aussi à ton toucher, à la pression entre tes doigts, à la sensation d'avoir bel et bien la chair d'une tige et celle d'une fleur entre tes doigts !

Don Giovanni, un brin étonné, lâcha les deux mains qui le reliaient aux autres membres de notre groupe, se leva, s'approcha de la rose, la contempla puis… la toucha. Il toucha plusieurs fois ses pétales et sa tige, il la respira avec force et avec délectation, puis il se retourna vers nous, le visage paradoxalement rouge et pâle, l'air heureux, empli d'une joie immense, et l'air tellement éprouvé qu'on l'eut cru épuisé, privé de toute son énergie, de toute son adénosine triphosphate cellulaire. Il parut prêt à s'évanouir, commençant à chanceler, lorsque Toshiko, très fermement, lui dit :

— Reviens t'asseoir, mon frère !

Alors, marchant tel un automate, complètement bouleversé par ce qu'il venait de voir, de sentir et… de toucher, Don Giovanni revint sur son siège où nous lui reprîmes les mains dans les nôtres, au sein de notre cercle ; son visage reprenant progressivement sa bonne mine initiale.

La discussion porta un très court moment sur un fait logique : soit cette rose était réelle, soit elle était une illusion. Cependant, si elle était une pleine illusion – illusion de ses formes, de ses couleurs, de sa ductilité, de son odeur voire de sa saveur – alors l'illusion totale la rendait bien réelle !

En ce cas, le monde que nous percevons et cette « illusion totale » étant semblables, nous devons en conclure que cette fleur était bien réelle, dans notre conception de la réalité.

Sur ordre du pape Pierre II, depuis son implant neuronanophonique, la domotique de la pièce géra l'ouverture automatique des fenêtres, ceci permettant à une petite bise de tous nous rafraîchir.

— Voudrais-tu manger une pêche, Giovanni ?, lui demanda Alex.

— Oui, balbutia Don Giovanni : *mais en cette saison je doute qu'il en soit au réfectoire du Saint-Siège !*

— Alors, ma sœur et moi allons t'en offrir une, mon ami !

A nouveau, les jeunes gens se mirent à respirer de leur manière concentrée, rythmée et synchronisée entre eux, les paupières closes.

Puis, moins de cinq minutes après cette respiration spéciale, apparut brusquement, sur les genoux de Don Giovanni, une forme ronde, obscure, qui, progressivement, s'éclaircit et modifia sa consistance, devenant peu à peu... une pêche juteuse.

Tremblant, Don Giovanni, à la demande de Taoshié, prit le « fruit » et mordit dedans, s'étonnant et, après l'avoir tout entier consommé, nous disant :

— Comment cela est-il possible ? C'est un miracle !

— Non, pas, mon frère, lui répondit Alex : *des corps soumis à la fission de l'atome sont irradiés et peuvent en mourir, mais des corps soumis, de la juste façon, à la fu-*

sion[178]*, deviennent ionisés et peuvent transformer le jeu des protons et celui des électrons ou, plus exactement, celui des muons.*

— Et les « pompes à protons[179] *» produisent un effet réversible*[180]*, fonctionnant aussi telles des « pompes à électrons »*, compléta Toshiko.

Après un long moment de silence empli d'émotions et de réflexions, dû au bouleversement, d'abord physiologique et ensuite psychologique qu'il avait subi, Don Giovanni leur lança :

— Mon frère, ma sœur : j'apprécie beaucoup tout cet amour que vous avez eu pour moi, pour le peu de foi qui était en moi, pour ce presque évanouissement qui en avait résulté lorsque j'ai effectivement touché cette rose. Mais

---

[178] *(Physique)* Le déchet de la fusion n'est pas de la radioactivité (comme pour la fission) qui est sale ; son déchet est de l'hélium (comme dans les ballons qui volent, pour les enfants) qui est propre.

[179] *(Biochimie)* Christian de Duve, *Singularités – Jalons sur les chemins de la vie*, chapitre IV, « ATP », éd. Odile Jacob, Paris, 2005, 2011 : « Dans les membranes cellulaires, des transducteurs spécialisés, appelés « systèmes de transport actif », ou ''pompes'', utilisent l'énergie dégagée pas la scission de l'ATP (adénosine triphosphate) pour contraindre des substances à entrer dans les cellules ou à en sortir (…). ».

[180] *(Biochimie)* Christian de Duve, *Singularités – Jalons sur les chemins de la vie*, chapitre XI, « Force protonmotrice », éd. Odile Jacob, Paris, 2011 : « La pompe à protons activée par l'ATP (adénosine triphosphate) est un moteur rotatoire remarquable constitué d'un certain nombre de sous unités protéiques, formant un ''stator'' fixe enrobé dans la membrane, et un ''rotor'' central actionné par des protons et entraînant un site catalytique assembleur d'ATP. Cette ''turbine'' est réversible, le sens de rotation étant lié, avec celui du transfert de protons, à la valeur du potentiel de protons. Si, comme c'est généralement le cas, ce potentiel excède la valeur requise pour l'assemblage de l'ATP, la pompe produit de l'ATP, tandis que les protons qui l'actionnent retournent de l'autre côté de la membrane pour être réactivés par la chute d'électrons. Dans le cas contraire, la scission d'ATP domine, forçant les électrons à remonter la pente. ».

maintenant, j'ai goûté et savouré et avalé cette pêche sortie de nulle part…

— Non pas de « nulle part », Giovanni, l'interrompit, vif comme l'éclair, Alex *: elle est « sortie » du vide quantique qui est un fourmillement de hautes énergies, certaines étant aussi chaudes et puissantes que notre étoile locale, Soleil !*

— Comment pareille merveille vous vint-elle, mes enfants ?, les questionna le pape Pierre II.

Alex et Tosh se lancèrent un regard complice empli de cette fusion les rassemblant tels un frère et une sœur plus qu'enclins à la gémellité. Alex déclarant :

— Tout commença sur Mars, Votre Sainteté, dans l'enfer de solitude que nous connaissions au-devant du souvenir de notre existence sur Terre et face au désert que nous offrait la planète rouge. Peu après la visite merveilleuse de Rachel, ma sœur pleura un matin et dit à cette « fée sans ailes » : « Pourrais-tu m'offrir un fruit, tel que nous en mangions quand nous étions petits, sur Terre ? ». « Oui, lui répondit la pertinienne, mais à une condition : tu garderas mémoire de ce fruit si intensément que tu pourras, le temps venu, en produire pareillement, en neuroconnectant tes fonctions corporelles entrantes de couleur, texture, saveur, concernant ce fruit, tes fonctions conceptuelles sortantes de « construction » ''mentale'' depuis ton souvenir d'un tel fruit, à tes fonctions émotivationnelles entrantes et sortantes, je veux te dire : depuis toute ton émotion ressentie devant la souffrance d'autrui et tout ton amour pour l'en libérer. » Ainsi ma sœur pu manger – et eut la grande tendresse de me partager – une pêche issue « de l'énergie et du sens »…

— Ensuite, de retour sur Terre, continua Toshiko, *Votre Sainteté ne s'en étonnera pas, tandis que nous*

expérimentions notre « minitokamak multicourbures », nous fûmes contraints de traverser la banlieue défavorisée d'une grande ville où les gens étaient très pauvres. Les enfants de cette ville, alors que nous découvrions la pleine adolescence, nous rappelèrent notre séjour sur Mars : ils étaient rationnés dans ce pays-là, mangeant peu de saine nourriture.

— *Alors*, poursuivit Alex, *terriblement émus par leur sort dérisoire, leurs mauvaises mines et leur désespoir, nous tirâmes des pêches du vide quantique et les multiplièrent en visualisant et autrement sensorisant qu'elles fussent immensément nombreuses…*

Le pape Pierre demeura un bref instant recueilli en lui-même, puis demanda :

— *Si j'entends bien vos propos, mes enfants : voir et toucher, et vous reconstruire intellectuellement et conceptuellement une réalité ne suffit pas à tirer du « vide » un « objet », inanimé ou appartenant à la chimie organique ; encore faut-il être mu par un immense amour !*

— *Oui, Votre Sainteté*, dit Taoshié, *c'est parce que nous sommes au bord des larmes devant la souffrance, que nous pouvons déclencher le processus enzymatique que nous vous avons évoqué : la décision est neuronale, mais l'activation des « creusets » producteurs de protéines que sont certaines de nos enzymes est hormonale : ni les tièdes contemplateurs ni les froids calculateurs n'y ont accès !*

19

Transsubstantiation plasmique

« Or, d'après Feynman, les franges d'interférence sont dues au fait que les chemins, qui passent à travers une fente, interfèrent avec ceux qui passent par l'autre fente. »

Stephen Hawking[181]

« Elles sont dites « apparentes », car ce sont les lois que l'on observe dans notre univers – les lois des quatre interactions fondamentales ou encore les masses et les charges qui caractérisent les particules élémentaires. Mais les vraies lois fondamentales sont en fait celles de la théorie M. »

Stephen Hawking[182]

— *Mes amis, mon frère, ma sœur, je suis bouleversé par tout ce que vous m'apprenez,* leur déclara Don Giovanni : *nous pourrions donc, pour quiconque sait, du moins, tirer usage de votre nouvelle technologie en se neuroconnectant, produire de la matière à partir de l'énergie, et ainsi donner substance, forme et couleurs à ce qui nous semble du vide !*

— *Oui, cher frère,* lui répondit Alex, *et nous pouvons bien plusss : je lis dans tes yeux que tu as commis une petite infraction ce matin… que tu commets régulièrement.*

Don Giovanni rougit, puis il interrogea Alex :

---

[181] Stephen Hawking (et Leonard Mlodinov), *Y a-t-il un grand architecte dans l'Univers ?*, chapitre 4, « Des histoires alternatives », *op. cit.*

[182] Stephen Hawking (et Leonard Mlodinov), *Y a-t-il un grand architecte dans l'Univers ?*, chapitre 5, « La théorie du tout », *op. cit.*

— *Comment le sais-tu ?*

— *L'amour…* Lui répondit Tosh : *Lorsque nous voulons comprendre vraiment autrui, pour le connaître tel qu'il ou elle est réellement, alors des intuitions nous viennent.*

— *Et ainsi, vous percez à nu les gens et leurs mystères…*, conclut Giovanni.

— *Et ainsi, ma sœur et moi savons que tu dissimules un objet précieux dans ta poche, un objet qui se consomme, que tu n'as pas consommé et que nous te demandons de nous montrer.*

Le jeune prêtre sortit de celle-ci une hostie et, se tournant vers le pape Pierre, déclara :

— *Très saint Père : j'ai pris coutume de ne pas avaler l'hostie lors du saint sacrement, je l'enlève de ma bouche et l'y remets le soir, après que je sois seul dans une communion intime avec Notre Seigneur.*

— *Il y a une grande beauté dans ce geste, mon fils*, lui répondit le pape. *Il est bien qu'il ait eu lieu, car ce que veulent nous montrer nos amis part de lui.*

— *En effet, Votre Sainteté !*, reprit Alex. *Et je te prie, Giovanni, mon ami, de garder ce morceau de pain entre tes doigts, devant tes yeux, et de vouloir y voir et y sentir, et en ressentir de toute ton émotion ce que Tosh et moi allons te décrire.*

— *Oui, ce morceau de pain symbolise le corps du fondateur du christianisme*, reprit Tosh, *et bien à présent, immédiatement : sens-le sous tes doigts, tel un morceau du cœur de Yeshéwé, Yézou ou Iesus comme tu le dirais en araméen, en grec ou en latin, sens ce morceau de cœur battre comme s'il était vivant, ressent l'amour de cet être que tu vénères se transmettre à toi par ce morceau de son cœur pulsant, et vois-le devenir rose et battre devant ton regard !*

— Mais cela ne se peut pas !, s'exclama Giovanni.

— Qui donc parle ainsi en toi ?, l'interrogea Alex : Un « ça », entendons : un mécanisme automatique, un automate prenant peur devant l'inconnu et qui, pour s'en défalquer, déclare « impossible » ce qu'il n'a pas même expérimenté !

— Pardonne-moi mon jeune frère !, clama Giovanni. Assurément, quelqu'un en moi a peur, quelqu'un qui est plus fort que celui, en moi, qui voudrait assister à un dépassement de ma sinistre condition d'animal humain. Et comment dépasser ma raison qui craint l'illusion et l'absurdité ?

*— Simplement, Giovanni, lui répondit Tosh : oublie ce qui devrait-être, car la Terre semble plate mais elle est ronde ; de même que telle étoile te semble à présent là dans le ciel, alors que seule sa lumière parvient jusqu'à nous maintenant, tandis qu'en vérité, elle s'est éteinte, cette étoile, il y a un milliard d'années ; de même que beaucoup d'autres illusions nous semblent « réelles ». Aies confiance en nous et sens ce cœur battre entre tes deux doigts, ressent qu'il est un morceau du cœur de celui que ta religion conçoit tel le messie, et qui, dans le cadre du chemin qu'il nous montre, l'est véritablement : **et sens !***

Elle avait dit ces deux derniers mots avec une violence que nous ne lui connaissions pas, qui bouscula Don Giovanni et nous tous, de telle sorte qu'un instant après, le secrétaire pontifical tenait entre ses doigt un morceau de chair rose, pulsant au rythme de cellules cardiaques, qu'il regardait, émerveillé, tout en tremblant.

— Maintenant tu le sais, tu le vois et le sens entre tes doigts, lui dit Alex : nous pouvons changer une substance en une autre, en « chauffant » sa matière jusqu'à ce qu'elle devienne de l'énergie depuis le vide quantique, puis en la

reformant selon ce que nous voulons qu'elle soit, selon notre précise représentation conceptuelle de cela, neuroconnec-tée à notre volonté-intention motivationnelle la plus intense.

— Tout ce que nous percevons est à la fois réel et illusoire, et cette transsubstantiation plasmique te le montre !, conclut Tosh.

20

Perinde ac cadaver :
les jedhumains téléguidés par
l'*Énergie*,
pour servir l'évolution

« Tout ce qui n'est pas pensée est le pur néant ; puisque nous ne pouvons penser que la pensée et que tous les mots dont nous disposons pour parler des choses ne peuvent exprimer que des pensées ; dire qu'il y a autre chose que la pensée, c'est donc une affirmation qui ne peut avoir de sens. Et cependant – étrange contradiction pour ceux qui croient au temps – l'histoire géologique nous montre que la vie n'est qu'un court épisode entre deux éternités de mort, et que, dans cet épisode même, la pensée consciente n'a duré et ne durera qu'un moment. La pensée n'est qu'un éclair au milieu d'une longue nuit. Mais c'est cet éclair qui est tout ! »

Henri Poincaré[183]

Les mains s'étaient lâchées, les jambes détendues, les souffles relaxés et réjouis.

A. se leva et, la démarche motivée, alla jusque devant Tosh et Alex dont il serra, tour à tour, la main, disant :

— Jeunes gens, je suis connu pour ne féliciter que ceux qui m'émeuvent véritablement. Mais ici, je suis émerveillé tel un enfant qui verrait des jongleurs et des dresseurs d'ours ; tout en étant magnifié par la grandeur de ce que vous m'avez révélé : l'humanité est appelée à effecteur un pas en avant, par une Nouvelle Alliance avec ce

---

[183] Henri Poincaré, *La valeur de la Science*, p. 276, éditions Flammarion, Paris, 1913.

que nous appelions « Dieu » et qui devient, par vous, le Multivers, la Science et l'Énergie.

Tosh et Alex s'étaient levés pour honorer cette main venant les féliciter, lorsqu'A. leur dit :

— De mon émerveillement, sachez, jeunes gens, et je vous en pose la question en vous invitant à, dorénavant, ne m'appeler que par mon prénom, que ce qui m'interpelle le plusss, au-delà de ces prouesses allant de marcher sur des braises jusqu'à traverser un mur, en passant par guérir un malade sans le toucher ou presque, est de savoir comment vous trouvez-vous toujours au bon endroit au bon moment, tel qu'il est rapporté par tous ceux qui vous ont longuement vu à l'œuvre ?

Alex, tout en invitant A., d'un geste courtois de la main et d'une brève formule de la voix, à s'asseoir sur le siège qu'il venait de quitter, priant de même Toshiko de se rasseoir, alla se chercher une chaise et les rejoignit tout en prenant soin de se placer de telle sorte qu'il gardait un angle ouvert vers les autres gens réunis là.

Puis il lui répondit :

— Cher A..., puisque vous m'honorez en me permettant de vous appeler ainsi, biengré qui vous êtes, je vais m'efforcer de vous instruire de notre mode de fonctionnement neuronal assez particulier, il est vrai. Pour cela, je vais prendre en considération une réflexion profonde en laquelle nous nous absorbâmes – nous « Martiens » – pendant plusieurs mois, lors de notre séjour martien précisément, concernant un problème général récurrent auquel nous fûmes alors tous confrontés : sur Terre, lorsqu'un problème se pose, nous allons dans une boutique

chercher à le résoudre. Sur Mars, il n'est pas de boutiques ! Nos anciens – nos parents, parrains, marraines, oncles et tantes – nous tinrent alors un discours sur le fait que nous devions neurofonctionner autrement, inhabituellement, afin d'être toujours survivants, toujours gagnants.

— *Oui, cher A…*, reprit Taoshié, *puisque vous nous offrez la grande amitié de nous permettre de vous appeler ainsi : pendant notre long séjour sur Mars, nous partageâmes une réflexion sur le mode de neurofonctionnement le plus adaptatif que puisse opérer le cerveau d'*Homo sapiens*. Dan-Phil et Ladis avaient dirigé cette suite de débats, car si, sur Terre, la plupart d'entre nous, humains sapiens, ne neurofonctionnons qu'au stade I de veille, stade de fonctionnement neuronal ne connaissant que le « mode calculateur » où, confronté à un problème, quelques neurones nôtres calculent comment le résoudre, sur Mars, les dix adultes et deux enfants, que nous étions, neurofonctionnâmes de plus en plusss au stade III de veille, stade de fonctionnement neuronal explorant le « mode contemplateur » où, confronté à un problème, quelques neurones nôtres « observent » comment le résoudre.*

— *Tosh*, reprit Alex, *évoque la notion de providentialité où, tandis que je vais traverser une rue (ou une pièce dans un appartement ou… dans un atterrisseur) quelqu'un passe tout près de moi et dit, à quelqu'un cheminant à son côté : « il faut prendre cette rue-là », et alors, au lieu de demeurer enfermé dans ma pensée qui était programmativement de prendre tel ou tel chemin, je décide de suivre cette voix qui parle à l'instant, et qui, arrivant au même moment que moi pour dire ce qu'elle dit là, est telle une expression de l'Énergie qui, de ce fait, « me » parle et m'indique que je dois prendre ce chemin-là plutôt que celui qui s'était programmé dans mon cerveau.*

— *Cette forme de pensée, ce mode de neurofonctionnement cérébral*, reprit Taoshié, *peut sembler déroutant,* car il implique une totale connexion avec une éventuelle douleur à l'estomac nous « disant » : « ne va pas ici ! », où une voix – rencontrée au hasard – de quelqu'un passant là au même moment que nous, nous « disant » : « va par-là ! ». Pourtant, ce neurofonctionnement en « mode contemplateur » est beaucoup plus efficace que le neurofonctionnement commun en « mode calculateur ».

— Tosh, reprit Alex, évoque aussi, ici, des idées chères à la théologie, n'est-il pas ?

— Jeunes gens, reprit A. : ce que vous me dites-là n'est-il pas simplement ce que l'on nomme, en anthropologie : la « pensée magique » ?

— Elle lui ressemble, cher A…, reprit Taoshié, *mais, en réalité, elle est son contraire.*

— Selon la « pensée magique », *issue des superstitions remontant au paléolithique,* reprit Alex, *des oiseaux groupés en masse ou des nuages gris foncés assombrissant le ciel nous signifient que la décision que nous venons de prendre ou le contrat que nous venons de sceller à cet instant précis finira mal, dans la catastrophe – et si les nuages ont une teinte rouge ou simplement rosée, nous pouvons annoncer que tout ce projet signé à l'instant va finir dans un bain de sang.*

— Cependant, reprit Toshiko, *l'erreur de la « pensée magique », qu'elle provienne de primitifs ou de gens de nos sociétés technologiques qui croient se relier au tout universel par cette interprétation, est qu'en vérité ces oiseaux groupés en masse ou des nuages gris foncés assombrissant le ciel maintenant, ne sont pas envoyés-là, au moment où nous signons ce contrat, par des divinités, des dieux ou un Dieu.*

— En vérité, c'est exactement l'inverse qui se produit, reprit Alex : *nous levons notre regard vers le ciel* quand les oiseaux groupés en masse ou les nuages gris foncés assombrissent le ciel parce qu'à ce moment-là nous doutons de la bonne mesure de ce contrat que nous sommes en train de sceller.

— Toutefois, jeunes gens, reprit A. : si ces oiseaux groupés en masse ou les nuages gris foncés assombrissent terriblement le ciel juste au-dessus de nôtre tête, ce n'est pas notre regard qui se pose par hasard sur eux, mais leur noirceur qui force nos yeux à s'interroger sur ce ciel se cou-vrant soudainement !

— En effet, cher A..., reprit Alex, il nous semble alors que ces nuages ou ces oiseaux nous assombrissent. Mais ceci n'est qu'une illusion.

— Une illusion..., reprit Tosh, parce que nous avons signé ce contrat à ce moment-là : ce n'est pas parce que nous avons signé le contrat au moment où les oiseaux ou les nuages sont passés ; mais c'est l'inverse, comme vous le dit mon frère : les nuages ou les oiseaux passaient et notre cerveau s'est connecté à cette réalité en train de se produire pour signer un contrat à ce moment-là : c'est donc notre cerveau qui, ayant perçu l'arrivée de cette sombritude, a décidé, biengré nous, de nous avertir par le fait de sceller ce contrat à ce moment précis, que ledit contrat risque d'être fâcheux pour nous.

— Nulle divinité ne se préoccupe des microbes vani-teux que nous sommes à la vaste mesure de l'immensité de notre multivers, conclut Alex : simplement, notre cerveau, qui ouvre ses antennes et est plus intelligent que nous, en nous ouvrant les yeux et la compréhension sur ce micro-événement local (oiseaux ou nuages assombrissant notre ciel) et en nous poussant à sceller notre contrat au moment où cette noirceur lointaine s'approche de nous et va bientôt passer sur notre tête, nous avertit que ce contrat mérite d'être fondamentalement révisé.

A l'issue d'un silence marqué et après avoir levé un doigt vers son supérieur hiérarchique, Don Giovanni dit :

— Votre méditation sur la providentialité m'évoque les enseignements de Francesco d'Assisi. Sachez que le quatrième vœu jésuitique, exprimé selon la formule latine « perinde ac cadaver » ne désigne évidemment pas simplement une obéissance stricte à son supérieur hiérarchique, au sien et tutti quanti *jusqu'à la personne papale elle-même. Je suis sûr que notre très saint Père vous en dira plusss que moi sur cette question... providentielle.*

— En effet, mes enfants, intervint le pape Pierre II, *ce que vous décrivez-là évoque un mode opératoire propre aux grands mystiques, tant des trois religions du Livre, que d'autres, tel le bouddhisme ou, avant lui, le védantisme, où encore des formes plus anciennes de la relation de l'Homme à ce qui l'entoure, le rassure et l'effraie tout à la fois. L'Homme n'est pas là pour servir la Loi, mais la Loi doit servir l'Homme. J'entends vous confirmer ce que vient de vous dire mon excellent secrétaire : le « perinde ac cadaver » d'Ignace de Loyola ne désigne qu'extérieurement la répétition du vœu d'obéissance à la hiérarchie de l'Église inhérent à tout moine catholique. Plus profondément, plus intérieurement, et j'ai tenu à l'exprimer clairement dans mon encyclique, l'objectif jésuitique est d'atteindre une communion profonde entre chaque frère et ce que nous, théologiens, appelons « Dieu ». Il ne s'agit pas d'obéir tel un cadavre devant son supérieur hiérarchique ni devant moi, en tant que Souverain Pontife, car si Don Giovanni est ici aujourd'hui, nous le devons à ce que mon secrétaire attitré, vieil homme admirable sous bien des aspects, est très malade depuis quelques jours. Aussi, au lieu de reporter nos entretiens et vos expériences extraordinaires, ou de forcer ce malheureux à venir ici, j'ai suivi ce « signe » qui m'invitait à solliciter son adjoint, ce jeune homme remarquablement*

prodigieux qui est avec nous maintenant et s'entend si parfaitement avec vous, jeunes gens.

— Oui, osa courageusement Alex, *Votre Sainteté l'exprime avec ses mots et nous avec les nôtres, mais en résulte cette certaine observation : dès que nous quittons le stade I de veille, qui est celui d'un automate prisonnier de son mode calculateur, pour explorer, via le stade II, le stade III de veille, qui est celui d'un être humain capable de neurofonctionner en mode contemplateur, la vie devient « vivante » : nous ne sommes plus emprisonnés dans notre passé et dans nos habitudes de penser se projetant machinalement, mécaniquement, « robotiquement » sur notre présent, mais nous sommes reliés, dans l'instant présent, à toutes sortes de possibilités inventives et innovatives étonnantes.*

— Et ainsi, conclut Toshiko, pour répondre à la question de notre généreux ami A. : *si nous, jedhumains, sommes vu toujours étrangement où il faut quand il le faut, ceci est dû à notre neuroconnexion à l'Énergie. Elle crée des champs d'attraction ou de répulsion, des « attracteurs » physicochimiques, vous préciserait mon frère, qui nous présentent les micro-événements de nos existences telles des variables, en termes de mécanique des fluides : nous, jedhumains, puisque nous avons renoncés à notre vaniteuse petite personne pour servir le multivers, allant ici où là selon des « signes » qui nous le commandent, sommes, pour ainsi l'exprimer clairement : téléguidés par l'Énergie !*

Don Giovanni parut hésiter. John-You, attentif, lui demanda :

— Une question vous brûle-t-elle les lèvres que vous n'osiez nous poser, Don Giovanni ?

— Oui, répondit l'ecclésiastique : *d'où vous est*

venue cette si pertinente et si profonde compréhension du sens caché de ce vœu monacal ?

— Il est, Don Giovanni, lui répondis-je, *dans les vieilles familles aristocratiques d'Europe, un principe quasi rituel dit « de préséance », du fait duquel, lorsque vous invitez un simple individu à votre table, afin d'y dîner, et qu'ensuite, un grand personnage – un roi, un prince – vous propose de vous honorer de sa personne en venant dîner chez vous précisément à ce moment-là, alors qu'il se calculerait volontiers en vous qu'il vaut mieux décommander le rendez-vous d'avec le petit pour vous réjouir de la présence du grand, le principe de préséance vous ordonne de maintenir l'ordre établi et de vous déclarer devant le grand personnage dans l'impossibilité de le recevoir à ce moment-là, à moins qu'il vous autorise à recevoir aussi à votre table le petit personnage auquel vous aviez d'abord donné rendez-vous à cette date et à cette heure.*

— Cette coutume, ajouta Zelda, *loin de fâcher le grand, l'assure de votre loyauté à l'ordre établi, au fait d'avoir d'abord pris rendez-vous avec celui-ci, ce qui montre que vous restez fidèle, même au petit, et donc sauriez refuser de servir un souverain plus grand que ce roi ou ce prince-là.*

— Il pourrait se penser, mon ami, en quelques neurones vôtres, ajoutais-je, *que tout ceci n'est qu'une coutume de politesse servant la vanité. Or, l'origine de ce principe date d'une époque où les gens ignoraient notre médecine moderne, où ils tremblaient de peur devant les maladies et la mort, où ils étaient convaincus qu'une divinité agençait l'ordre des événements, et qui si cette divinité avait décidé que le rendez-vous fut pris avec Un Tel, fut-il un petit personnage, il y avait là une raison, un sens important à obéir à cet ordre.*

— Pendant notre – pour nous – très long séjour martien, reprit Zelda, *nous discutâmes de cet ordre s'op-*

posant au désordre, depuis la théorie mathématique du chaos, et nous en vînmes à reformuler en termes à nous que si un micro-événement nous advient avant un autre, ce n'est pas une divinité qui en a décidé, mais ce n'est pas non plus un vulgaire accident : la force – au sens d'une cinquième interaction fondamentale que nous vous avons donnée à découvrir –, traduisons : l'Énergie qui harmonise cet univers et probablement tout le multivers, agence même d'infimes enchevêtrements de successions d'événements.

— *Ainsi, mon ami,* repris-je, *si le grand personnage ne vient pas, nous avons toujours la joie de recevoir le petit à notre table, parfois parce que le grand est mort à cette date-là, ou parce que le petit est devenu grand juste à ce moment-là. Je vous ai déjà narré combien j'avais été étonné, un jour que j'avais un rendez-vous d'extrême importance, où j'allais arriver en retard à cause d'un immense attroupement sur mon chemin : or voici que plusss j'approchais, et plusss la masse compacte d'individus le formant se séparait, laissant bientôt un passage devant moi pour que je traverse cet attroupement au lieu de devoir le contourner.*

— *La pensée vivante, parce que neuroconnetée à nos actes et à nos motivations,* ajouta Tosh, *nous libère des peurs de ce que nos calculs produisent (« si ceci a lieu, alors cela sera… ») et les remplacent par la sérénité absolue que nous sommes en harmonie avec tout : un arbre est tombé sur notre chemin, une barrière s'est dressée sur notre route, mais nous devons aller là où nous allons, alors continuons, la barrière sera soudain levée, ou bien l'arbre s'effritera brusquement dévoré par un essaim de termites !*

— *Ainsi,* précisa Alex, *nous ne calculons plus, nous contemplons, et l'Énergie guide nos pas, aimantant à nous, dans le meilleur ordre, ceux et celles qui sont prêts pour nous rejoindre en posant une rose, tirée du « vide », sur la croix.*

21

Conclusion : pleine introduction à l'amour vrai

« (…) c'est cet éclair qui est tout ! »

Henri Poincaré[184]

La jeune fille malade, au bord de l'épuisement, croisée dans le train des événements, à qui j'avais dit :

— *Rejoignez-nous, nous avons besoin de vous !*, et qui m'avait répondu :

— *Je vous le promets, je vous rejoindrai !*, nous avait rejoint.

Elle est là, maintenant, depuis près de dix ans déjà, parmi d'autres qui veulent, avec nous, quitter leur condition de ridicules viandes tombant malade, vieillissant puis mourant absurdement, et se reproduisant en fabriquant d'autres viandes qui tombent malade, vieillissent puis meurent tout aussi absurdement.

Elle est là, maintenant, parmi nous, jedhumains, pour s'entrainer à se neuroconnecter, afin de se rappeler d'elle-même et des autres et de toute cette réalité en laquelle nous nous rencontrons au-dedans de ces corps de grands singes en lesquels nous nous réveillons chaque matin, dans la chimie du carbone et des bases azotées, dans l'objectif

---

[184] Henri Poincaré, *La valeur de la Science*, p. 276, éditions Flammarion, Paris, 1913.

stratégique de se transformer, de se jedhumaniser, car la destinée de ceux et celles qui décident d'avoir une vraie destinée, digne d'un être conscient de soi, est d'échapper à la mort, à la maladie, à la vieillesse en travaillant sur soi jusqu'à y parvenir.

Notre technologie s'est prodigieusement améliorée depuis les années 2050, depuis nos minitokamaks multi-courbures et lampes à plasma reliées à des appareils de stimulation magnétique transcrânienne, activable depuis une catégorie particulières d'enzymes, produites par l'appareil mitochondrial de nos cellules, grâce à une neuroconnectique dédiée à cet objectif spécifique.

Aujourd'hui, grâce à sa maîtrise parfaite de notre technologie, cette jeune femme est parvenue à rendre la vie à des plantes moribondes qui, comme elle jadis, dans un train, ont su – car la vie appelle la vie – redevenir pleinement vivantes. Ce sont des plantes géantes, très riches en protéines végétales qui vont nourrir des millions de pauvres gens. Et ce sont de ces plantes qui, par la recherche scientifique qu'exercent sur elles nos meilleurs botanistes, vont créer les premiers animalovégétaux[185], capables de soigner ceux qui les mangent…

L'amour faux est cet amour puéril qui s'en va et s'en vient parce que provenant de nos ridicules hormones, durant trois ou quatre ans au mieux, le temps que la phényléthyl-amine se dissipe dans notre sang. Il est « amour » ou plus exactement *attirance mécanique* du blond pour le brun, du guerrier pour la Vénus, il est simple automatisme d'émotions

---

[185] Consulter le livre de Daniel-Philippe de Sudres, Les enfants de demain ou l'étrange et très secret projet HP1 (2012), retitré Nous en 2200 (2020), chapitre 12, « Pas d'expansion-dislocation due à l'énergie sombre dans les univers 2T3-brane variables 1T4-brane ».

privées de conscience, parce que déconnectées de nos réflexions : cet ''amour''-là est « aveugle ».

L'amour vrai, au contraire, provient de la connexion neuronale entre émotion et réflexion, il n'est pas hormonal mais neuronal, pas fruit d'émotions mais de sentiments : à l'inverse d'un aveuglement puéril, il est appréciation mature des qualités d'un être longuement observé et apprécié => il est solide et durable.

Aujourd'hui, cette jeune femme a osé s'approcher de l'homme qu'elle aime – non pas d'une ridicule, car infantile, amourosité mécanique (en « tombant »... amoureuse), mais depuis cette lente et profonde appréciation des qualités profondes d'un être qu'est le seul vrai amour : elle a pris sa main et, amoureuse, l'a embrassée.

Et aujourd'hui, elle est si heureuse, parce qu'il lui a répondu en la serrant, très longtemps, dans ses bras...

Mots-clés

référants aux disciplines et champs épistémologiques

abordés dans ce livre

et, plus globalement, dans toute la saga *Nous*

– Logique – complexité – auto-organisation.

– Physique – astrophysique – cosmologie – astronomie – ingénierie ;

– Intelligence naturelle à hauts potentiels (« surdoués ») – évolution de l'espèce – darwinisme cellulaire – darwinisme neuronal – écologie ;

– Intelligence artificielle – robotique – bionique ;

– Biologie évolutive – biologie de synthèse – exobiologie – biotechnologie – génie génétique – génie épigénétique, génie protéique, génie enzymatique ;

– Neurosciences cognitives (principalement fondamentales et expérimentales) : neurobiologie, neurophysiologie, neuroconnectique, neuropsychologie et neurobiochimie[186];

– Neurosciences appliquées aux sciences sociales dites « neurosciences sociales » : intelligence relationnelle, empathie, altruisme affectivo-cognitif, qualité de vie et (ra)jeunissement ;

– Sciences économiques et politiques : économie financière et économie industrielle (macroéconomie et microéconomie), économie dite « postindustrielle », économie postkeynésienne, économie politique, politique économique, politique industrielle, politique institutionnelle, socioéconomie, ;

– Anthropologie – éthologie – psychologie (génétique, cognitive, du développement, et sociale) – pédagogie – psychosociologie.

---

[186] *(Protéomique futuriste, Enzymologie spéculative)* Biochimie spécifique aux cellules neurales, et, plus précisément, aux neurones cérébraux d'*Homo sapiens*, fondée sur une neuroconnectique adaptée à la production épigénétique d'une enzymatique génératrice, par voie endogène, de la biosynthèse de molécules dites « d'augmentation » (motriperceptive, affective et cognitive). La « neurobiochimie » est une discipline du futur postulée par Daniel-Philippe de Sudres osant, depuis la science-fiction, nous présenter des hypothèses très seyantes, quoiqu'encore invérifiables en ce début de vingt-et-unième siècle.

Note de santé publique

Remède contre l'angoisse, la dépression et le désespoir, le livre est un objet culturel que l'Organisation mondiale de la Santé (World Health Organization) préconise tel un générateur de bien-être.

Note juridique

Toute ressemblance avec des personnes existantes ou ayant existé est fortuite puisqu'aucun personnage du roman n'est _nominalement_ explicitement cité. Seuls des prénoms peuvent donner illusion. Ce qui, en droit international, répond du seul _présupposé_ intime des lecteurs.

Note de distinction honorifique

Deux livres de Daniel-Philippe de Sudres ont été présenté pour le prix Rosny Aîné par la Base de Données Francophone de l'Imaginaire (http://www.bdfi.net/) et par la revue en ligne _nooSFère_ (http://www.noosfere.com/icarus/livres/prix.asp?numprix=34).

Les en remerciant, souhaitons bonne chance à ce livre-ci !

Appel aux étudiants

Si la neurophilosophie vous interpelle, telle une discipline à explorer, vous pouvez visiter ceci :
http://neuroconnectique.fr/cnp-de-paris/

Si la neuroconnectique vous interpelle, telle la discipline pour explorer, par vous-mêmes, votre cerveau, vous pouvez rejoindre nos étudiants ici : **http://neuroconnectique.fr/groupes-de-formation-et-de-recherche/**

Appel à contributions

Ce livre (et la saga *Nous*, en son intégralité) attirent un nombre croissant de jeunes – et moins jeunes – gens motivés pour nous rejoindre dans des réunions-débats que nous organisons, *via* des expériences nées de travaux dirigés, ainsi qu'au sein d'un parti politique intelligent que nous préparons : **intelligent**, car adapté aux temps actuels = se préoccupant d'économie, d'institutions et de problèmes sociaux et environnementaux, comme les partis ordinaires, mais, en plusss, se préoccupant de technosciences et de l'évolution neuroconscientielle (entendons « spirituelle », quoique dans une acception neuroscientifique) de chaque être humain et par conséquent de chacun(e) d'entre nous, ceci non pas depuis un mode tactique (= court-termiste, car électoraliste), comme les partis politiques ordinaires, mais sur un mode stratégique à long et très long termes.

Si vous voulez échanger avec eux ou/et avec nous, écrivez-nous vos émotions, réflexions, questions, suggestions à :

presses.de.l.avenir@gmail.com

Osez laisser un commentaire élogieux de ce livre sur :

amazon.com, **amazon.fr**, **amazon.ca**, etc.

Remerciements

— pour ses conseils éditoriaux et ses encouragements à la création de notre structure éditoriale : à Armelle Rancillac ;

— pour la structuration tant esthétique que technique de l'ouvrage : à Aubry de Rocheprise ;

— pour avoir travaillé (écriture, réécriture, correction) aux « notes » :   principalement à Serge Lescaroux
et à Aubry de Rocheprise ;

— pour la relecture critique du livre : à Serge Lescaroux.

Table